Klaus Resch
Insel ohne Zeit

Für meine Mutter

Klaus Resch

Insel ohne Zeit

Roman

ISENSEE VERLAG
OLDENBURG

Umschlagfoto: Christian Schmidt

Die Deutsche Bibliothek - CIP-Einheitsaufnahme

Resch, Klaus:
Insel ohne Zeit : Roman / Klaus Resch. -
Oldenburg : Isensee, 1997
ISBN 3-89598-412-4

© 1997 Isensee Verlag, Haarenstraße 20, 26122 Oldenburg
Gedruckt bei Isensee in Oldenburg

Eins

Majestätisch war das Bughorn nach oben gezogen, ein gutes Stück über die Planken hinaus. Es fehlte nur der Stolz eines aus dem Holz gearbeiteten Götterhauptes. Der Bogen teilte die leichte Welle und drückte sie sanft im Schwung der zur Mitte des Fischerbootes auseinander weichenden Planken beiseite. Das Meer gönnte dem Menschenwerk die Überlegenheit, atmete friedlich, duldete die Pflugschar. Nur die aus dem Rhythmus gebrachten, nun gegeneinander hüpfenden Wellen und die von der Schraube provozierten quirligen Wirbel reagierten mit einer weißen Schaumspur. Das *kaíki* schaffte es drei, vier Mal, in der Harmonie mit der Welle zu schweben, versuchte sich unbeholfen dem Pulsschlag anzupassen, wurde aber immer wieder jäh gestoßen, gerempelt, unfreiwillig gehoben, um launig ins nächste Tal geworfen zu werden - eine sachte aber stetige Mahnung, daß Meer und Wind die Choreographie des gemeinsamen Tanzes bestimmten.

Georgious, der Fischer, hatte sein Versprechen wahr gemacht: Daniel durfte ihn auf der Dreitagestour nach Skantzoura begleiten. Das Blau eines wolkenlosen Junihimmels war vom zartmilchigen Dunst gemildert, und nur der zuweilen böige Ostwind setzte dem Boot verspielte Wellen entgegen. Daniel hatte sich auf einen der Netzberge gesetzt, die auf dem Vorschiff gegen die Bordwand geschoben darauf warteten, als tödliche Fallen in die schwarzblaue Tiefe gelassen zu werden. Jeder dieser Nylonhaufen war gelbes Durcheinander. Wahllos verstreut setzten nur die roten Flotthölzer und als Antipode die bleiernen Grundgewichte Kontraste. Sinnloses Chaos für den Laien, bis sich die innere Ordnung offenbart, wenn später, beim Auslegen, hundert Meter Netz aus der Hand des Fischers als gelbe Kaskade ins Meer glitten, die Grundgewichte an ihren Platz sanken und die Flotthölzer eine Mauer aus Maschen aufrichteten.

Die Ägäis spannte sich tiefblau und undurchsichtig vor Daniel; er beobachtete den ungleichen Kampf der Bug- und Windwellen, der nur als kleine Laune gelegentlich einen Gischtkamm erzeugte. Wassertropfen sprangen Kapriolen im Wind, benetzten sein Gesicht und hinterließen den würzigen Geschmack von Salz auf trockenen Lippen. Unter der brennenden Nachmittagssonne vermengte sich der salzige Atem des Meeres mit den modrigen Schwaden hölzerner Schiffsplanken und fischiger Netze, dem Gestank heißgelaufenen Motoröls und dem stickigen Dunst aus der dunklen Kajüte - und für Augenblicke nur blieb das Gemisch über dem Boot, traf die Sinne, um sich im nächsten Zug des Windes in die Weite zu flüchten. Gierig sog Daniel Ursprüngliches auf, was er an anderer Stelle vehement verweigert hätte.

Zuerst hatte Georgious über den kauzigen Deutschen gelächelt, der den Wunsch hatte, einmal mit aufs Meer hinauszufahren; für ihn war der Fischfang Routine, Broterwerb - das Romantische, wenn er es je so empfunden haben sollte, war längst verlorengegangen. Doch nun, hier draußen, blinzelte er stolz, als er merkte, wie den Gast das Fremde - sein Leben - faszinierte, wie er bestaunte, was für ihn selbstverständlich war. Daß Daniel nicht einfach aufs Meer, sondern unbedingt nach Skantzoura wollte - einer kleinen, nichtssagenden, unbewohnten, neun Meilen südöstlich von Alonnisos liegenden Insel, die sich für die meisten Fischer nur dadurch auszeichnete, daß sie noch halbwegs lohnende Fischgründe um ihre zerklüfteten Felsenküsten aufzuweisen hatte -, dem maß er keine Bedeutung bei.

Daniel verriet Georgious nicht, daß es ihm mehr um die Insel ging als um den Fischfang. Aléxandros, der Weise - oder der Verrückte?, der Philosoph, das Genie oder der Menschenhasser? - Aléxandros, der Einsame vom alten Dorf Alonnisos war es gewesen, der ihm einmal gesagt hatte: „Es gibt noch ein paar unbewohnte Inseln im Nordosten von Alonnisos. Mystische und sagenumwobene Inseln. Auf zwei von ihnen befinden sich Klöster, von denen nur noch eines, nämlich das auf Kyra Panagiá von zwei Mönchen bewohnt ist. Das andere, auf der Insel Skantzoura, wurde schon vor Jahren verlassen."

Daniel hatte Aléxandros sofort gefragt, ob es möglich sei, diese Inseln zu besuchen und wie er dorthin kommen könne.

„Frag die Fischer, ob sie dich mitnehmen. Die Inseln sind alle nur ein paar Bootsstunden von hier entfernt; die Fischer legen ihre Netze gewöhnlich zwei oder drei Tage vor den Küsten aus. Du wirst also mit ihnen auf dem Boot übernachten müssen."

Was Daniel bei diesem Gespräch für sich behalten hatte, war das Gerücht, das ihm kurz zuvor ein Saufkumpan zugetragen, mit dem er sich an einigen Flaschen *ouzo* und *retsína* festgehalten hatte: Einige Fischer erzählten, so hatte ihm der Mann mit Gebärden verschwiegener Wichtigtuerei zugeflüstert, sie hätten auf Skantzoura des öfteren einen Mann gesehen, der dann wieder für Wochen und Monate verschwunden blieb. Niemand wüßte, woher er wäre, und keiner hätte bisher ein Boot entdeckt, mit dem er gekommen sein könnte.

„Niemand sollte mehr nach Skantzoura fahren. Es ist bestimmt ein Geist - oder der Teufel persönlich!" lallte der Mann sein geheimes Wissen und hob das Glas auf ein langes Leben. Daniel hatte nur gelacht, und das im Alkohol geborene - oder sichtbar gewordene? - Mysterium war in Vergessenheit geraten, bis Aléxandros auf die verlassenen Inseln um Alonnisos zu sprechen kam.

Für Daniel war es bis dahin ein glücklicher Zufall, daß Aléxandros ihn eines Tages in sein Haus ließ und mit ihm sprach. All die anderen Griechen, mit denen

Daniel schnell Freundschaft geschlossen hatte, waren sehr erstaunt gewesen. Der Weise dort oben würde sonst mit niemandem reden, schon gar nicht mit einem Fremden, hieß es, dabei tippten sie vielsagend mit dem Finger an die Stirn. Erst jetzt, als Daniel so auf seinen Netzbergen saß, allein mit sich und den unter dem Boot dahin gurgelnden Wellen, malte ihm die Erinnerung ein geheimnisvoll weisendes Bild: Vom ersten Tag seines Eintreffens auf Alonnisos.

Griechenland war für ihn ein weit entferntes Land gewesen. Sicher - er hatte vor Jahren mit Freunden einen Segeltörn an der Nordküste Kretas entlang über Kárpathos nach Rhodos unternommen. In kleinen Hafenorten hatte er griechische Gelassenheit erträumt; die wahre Mentalität dieses geschichtsträchtigen Volkes hatte er nie durchdrungen. Damals glaubte er jedoch, verstanden zu haben; erzählte berauscht Freunden und Bekannten seine Erlebnisse und zeigte mit der Begeisterung des heimgekehrten Urlaubers seine Fotografien. Nur mit dem Unterschied, daß diese Bilder die Professionalität seines Berufes widerspiegelten und schließlich den Auftrag eines angesehenen Verlages einbrachten, die griechischen Inseln für einen Bildband zu fotografieren. Er hatte sich darüber gefreut. Es war eine Chance, der Hektik der Reportage zu entkommen. Sein Metier bestand für ihn zunehmend nur noch im Vernichten von Filmmetern, um das nichtssagende Geschwätz irgendwelcher Politiker bildhaft zu untermalen. Endlich würde er Zeit haben; würde Landschaft und Leute in diesem vom Licht verwöhnten Land wirklich sehen können, bevor er sie auf Zelluloid bannte. Der Verlag hatte ihm zwei Jahre, wenn nötig sogar mehr, für die Arbeit zugestanden.

Und so landete er denn im Sommer 1968 in Athen. Der Flughafen empfing ihn mit der ockerfarbigen Langeweile, die in der Glut einer Julihitze nur schwerfällig zu atmen schien. Die anschließende, fast fünfstündige Busfahrt hin zu dem kleinen Hafen Agios Konstantínos gegenüber dem nördlichen Euböa erlebte Daniel als fernöstliche Abenteuerlichkeit. Nicht nur, weil dieser Bus in Deutschland längst aus dem Verkehr gezogen worden wäre, sondern auch, weil er all diese Stunden eine für seine Ohren jaulende Musik über sich ergehen lassen mußte, die ihn beinahe an der Durchsetzbarkeit seines Vorhabens zweifeln ließ.

Auf die Fähre mußte er zwei Tage warten. Doch die Überfahrt durch die blaue Schwerfälligkeit einer in der Hitze schlafenden Ägäis versöhnte ihn dann restlos. Und als sie sich Alonnisos, der letzten Station, näherten, hatte er hoch oben auf einem Hügel die weiße Kappe des gleichnamigen alten Dorfes erkannt, so wie es in einem der Reiseführer stand, die er sich noch in Deutschland besorgt hatte. Unter all den Sporadeninseln war Alonnisos nur mit ganzen drei Sätzen erwähnt - sparsame Worte, die Daniel für sich füllen wollte.

Die Fähre legte in einem natürlichen Hafenbecken an, das von senkrecht abfallenden, gelben Felsen wie eine Klammer gehalten wurde. Nur eine alte Frau, ein Fischer und Daniel gingen an Land, obwohl es die einzige Fähre war, die diese vergessene Insel in jener Woche ansteuerte. Und sie verschwand gleich wieder, als habe sie es eilig, davonzukommen. Er nahm sich ein kleines Zimmer, ein wenig oberhalb mit Blick über all die schmucklos flachen Dächer hinaus auf das offene Meer, stellte nur sein Gepäck ab und machte sich sogleich auf den Weg, wieder hinunter zum Hafen. Die Häuser krochen zwei Senken hinab, die sich im Hafenbecken trafen, und waren in ihrer primitiven Modernität wenig einladend. Enttäuscht stellte er fest, daß dem Ort völlig jene Atmosphäre abging, von der er geträumt und die er auf Kreta zu finden gemeint hatte.

Am darauffolgenden Tag erkundigte er sich nach dem Weg hinauf zu dem alten Dorf, das weiß in der Höhe strahlte. Freundliches, aber verständnisloses Lächeln war die Antwort. Die Fischer und Olivenbauern hinterfragten nicht die Wünsche der wenigen Fremden, die sich hierher verirrten. Wenn es einen hinauf zu den Ruinen drängte und nicht an die kleinen Kiesbuchten zum Baden - woran man sich mit einem zaghaft beginnenden Tourismus langsam zu gewöhnen begann -, ließ man ihn; eben einer von den verrückten Ausländern.

Daniel versuchte mit den wenigen griechischen Worten, die er vor seiner Reise in sein Gedächtnis gepaukt hatte, zu erklären, daß er als Fotograf hier sei und ihn aus diesem Grund das Dorf interessiere. Dabei hielt er seine Kamera dem Griechen vor die Nase. Der nickte denn auch ernst - als habe er den Fremden begriffen, und beschrieb den Weg mit so viel Gestik, daß Daniel immer wieder aufs neue fragen mußte, weil er dem Sinn der in die Luft geschriebenen Zeichen nicht gleich folgen konnte.

Schließlich fand er den verwilderten, von Oreganostauden, Zistrosen und Brombeerwildnis gesäumten Serpentinenpfad. Offensichtlich nur für Esel und Menschen gedacht, führte ihn der Weg durch schlecht gepflegte Mandel- und Olivenbaumterrassen langsam nach oben - bis er nach einer halben Stunde die weiße Kappe wieder vor sich sah. Im Näherkommen löste sie sich in aneinander geklebte Ruinen auf und verlor ihr leuchtendes Weiß, das die Ferne ihm vorgegaukelt. Erst vor wenigen Jahren, so erzählte es der Reiseführer, vertrieb ein Erdbeben die Bewohner ans Meer. Und wo es das Beben nicht schaffte, halfen die Behörden nach; man versprach sich wohl mehr Zukunft für die Insel, wenn die Menschen am Meer wohnten und ihre Zurückgezogenheit aufgaben.

Als Daniel an jenem Tag zum ersten Mal durch das Dorf irrte, fühlte er sich auf seltsame Weise von diesem Ort angezogen, obwohl - oder vielleicht auch gerade weil - ein gespenstischer Hauch des Verlassenen durch die schmalen Gassen wehte. Nur Katzen in allen Schattierungen und Größen schienen hier zu leben, schlichen sich um Ecken oder streckten sich auf

Mauerresten in der Sonne. Das Beben hatte in Minuten Dächer in das Geviert der Mauern fallen lassen, hatte Balkone und Simse gebrochen und oft nur die durch einen schweren Marmorsturz gehaltenen Türhöhlen und Fensteröffnungen bewahrt, die Daniel nun zu Rahmen für seine Bilder wurden. Aus den Gemäuern brachen Feigenbaumtriebe und in der Sommerhitze gelb gewordene Gräser. Zuweilen überschattete ein verwilderter Maulbeerbaum die von seinen Wurzeln gesprengten Stufen, die über Geröll ins Leere oder gegen eine Wand wildwuchernder Geranien führten, die ihm durch den Sucher seines Fotoapparates in wütendem Rot entgegen glühten. Brüchige Wände ragten in den blauen Himmel und umklammerten hohle Fenster und Türöffnungen, durch die der Wind der Jahre blies. Das morsch gewordene Holz einer Tür fand seinen Halt nur mehr an dem kunstvoll geschmiedeten Gitter des Türfensters, den Balkon darüber stützten schräg gedrückte Balken. Überall krallte sich Einsamkeit in die rissigen Mauern und drohte sie an die zum Teil felsig schroffe Bergkuppe zurückzugeben.

Daniel empfand die Ruinen als ein unerschöpfliches Refugium für seine Arbeit. Freunde hatten ihn auf den Zauber dieses verfallenen Dorfes aufmerksam gemacht. Nun, wo er es nicht nur sah, sondern zutiefst in seiner Seele empfand, entschied er sich, auf dieser Insel zu bleiben - für Monate oder für Jahre, das sollte die Zeit für ihn bestimmen. Er wußte, daß es schwierig sein würde, ausgerechnet von dieser abgelegenen Insel die Ägäis zu bereisen und seinen Auftrag zu erfüllen, doch in der Faszination, die von dem alten Dorf ausging, glaubte er die Ursache für den eigenartigen Bann zu erkennen, der ihn vom ersten Tag an gefesselt hatte.

Jahrhunderte fühlte er sich in die Vergangenheit versetzt, wenn er, dem Pulsschlag der alten Gemäuer folgend, langsam durch die Gassen zog, mal hier, mal dort sein Stativ auseinanderklappte, die sich aus einem Mauerspalt drängende Blume auf den Film bannte oder einen schmalen Streifen blaue Weite, eingerahmt von brüchigen Wänden. Häufig saß er nur auf einer Stufe gegen eine Wand gelehnt, genoß die Ruhe und ließ den Wind erzählen, der durch die Gassen schlich. Er belebte das Dorf in seiner Phantasie, setzte Türen in die Angeln und deckte Dächer, plazierte eine alte Frau, tief über eine Stickerei gebeugt, auf einen Treppenabsatz oder ließ einen alten Mann langsam die Stufen zum Dorfplatz hinauf nehmen, am Strick einen Esel hinter sich herziehend. Das Leben seiner Phantasiegestalten und ihrer Zeit war von einer Harmonie durchdrungen, der Daniel selbst stets nachgelaufen war. Hier in diesem alten Dorf glaubte er sie endlich gefunden zu haben.

Doch eines Tages begegnete ihm wirklich ein Mensch zwischen den alten Gemäuern, ein junges Mädchen, das so gar nicht hierher paßte. Neben ihrer Jugend erschien die Einsamkeit morbide, und gleichzeitig veredelte ihre scheue Schönheit das Alte, Rissige dieser verlassenen Welt. Sie kam wohl herauf, weil sie es zum Haus ihrer Kindheit drängte, sie einer Erinnerung nachlief, weil Gassen und verfallene Mauern irgend etwas ihr Kostbares verwahrt hielten. Da entdeckte sie den Fremden. Sie beobachtete ihn verstohlen, wie er mit seiner Kamera Augenblicke ihrer Vergangenheit einfing. Der kurze Moment, den Daniel sie wahrnahm, hinterließ in den Augen des Fotografen die Linien ihres schönsten Portraits, das von nun an den Wunsch wachhielt, eines Tages auch sie, nur sie, fotografieren zu wollen. Daniel schulterte seine Tasche, um die wenigen Stufen zu ihr hinauf zu gehen, doch als er wieder aufschaute, war sie verschwunden. Und blieb es, so sehr er auch nach ihr suchte.

Später, unten im Hafen, versuchte er, sich vorsichtig nach ihr zu erkundigen, aber mit mehr, als daß sie wunderschön und vielleicht siebzehn Jahre alt sein mochte, konnte er sie nicht beschreiben. Zu aufdringlich wollte er nicht fragen, um sie und sich nicht ins Gerede zu bringen. Doch dann sah er sie eines Tages durch Zufall wieder, lachend und schwatzend in einer Schar anderer junger Leute. Er unterhielt sich gerade mit Georgious, dem Fischer, der ihm schon zum Freund geworden war.

„Sie heißt Assimína, und ihr Vater hat sehr viel Land mit Olivenbäumen", sagte Georgious auf seine beiläufige Frage.

Zufrieden wechselte Daniel rasch das Thema, um sein Interesse vergessen zu machen, und schlenderte gelangweilt den Kai entlang. Da stand das Mädchen wie aus heiterem Himmel neben ihm.

„*Jásu*, Daniel." Sie lächelte ihn an. „Wann gehst du wieder mal in das Dorf hinauf?" Daniel war von ihrer Ungezwungenheit überrascht. Daß sie seinen Namen kannte, war nichts Besonderes; sein Hiersein hatte sich längst auf der Insel herumgesprochen. Viele, die er nicht kannte, hatten ihn schon so begrüßt.

„Heute nachmittag", sagte er, obwohl er das bis zu diesem Augenblick noch nicht vorgehabt hatte.

„Vielleicht sehen wir uns. Ich bin auch oben." Sie drehte sich um und verschwand. Daniel sah nur noch, wie sie das dichte Haar über die Schultern zurückwarf, und behielt zwei wunderschöne dunkle Augen in Erinnerung.

Als sie sich dann später zwischen den Ruinen trafen, gaben sich beide Mühe, die Zufälligkeit der Begegnung zu bewahren. Schüchtern machten sie sich näher bekannt, und Daniel verschwieg, daß er ihren Namen schon kannte.

„Weißt du, was Assimína bedeutet? Es kommt von *asími*, und das heißt Silber", erklärte sie stolz.

„Ich finde den Namen sehr schön. Er paßt zu dir. Ich weiß nicht warum, aber er paßt einfach."

„Danke. - Möchtest du, daß ich dir unser altes Haus zeige? Es ist nicht weit von hier", wechselte sie rasch das Thema.

Daniel folgte ihr durch die Wege und Gassen, die ihm schon so vertraut waren, bis sie vor einer der Ruinen haltmachte. Es mußte ein schönes Haus ge-

16

wesen sein. Ein Balkon und Stuck um Türen und Fenster verrieten einstigen Wohlstand.

„Gefällt dir das Haus? Hier bin ich geboren und aufgewachsen. Wie du siehst, ist es von dem Erdbeben nicht so zerstört worden wie andere Häuser. Ich gehe oft hinein, die alte Stiege hinauf in das Zimmer, in dem mein Bruder und ich geschlafen haben. Gleich da unten, das große Gebäude, das war unsere Schule."

Sie setzte sich auf einen Mauerabsatz und fragte ihn neugierig über seine Arbeit aus. Dabei bewunderte er heimlich ihre langen Wimpern, die schmale Nase und ließ sich von ihren Lachgrübchen verzaubern. Assimína konnte es kaum glauben, welch Unmengen an Fotografien gemacht werden mußten, um vielleicht drei oder vier Dutzend überdurchschnittlich gelungene zu verwenden. Aufmerksam hörte sie zu und unterbrach ihn nur, wenn sie mit einem kleinen Lachen sein Griechisch korrigierte.

Sie ließ sich die Kamera erklären, stöberte in seiner Fototasche und hielt plötzlich den zweiten, motorgetriebenen Apparat in der Hand. Ehe Daniel es sich versah, hatte sie die Kamera auf ihn gerichtet; der Motor summte und zog vier oder fünf Bilder durch. Erschreckt schaute sie ihn mit großen Augen an.

„*Ach, sighnomi*, Daniel. Entschuldige."

„*Dhen birasi*", beruhigte er, „macht nichts. Darf ich auch von dir ein paar Fotos machen?"

„Lieber nicht - oder vielleicht später einmal." Mit

beiden Händen reichte sie Daniel die Kamera zurück, als handele es sich um ein verhextes Stück. Sie stand auf. „*Adío*, Daniel. Ich muß jetzt wieder gehen. Du bist sicher irgendwann wieder hier oben und wir sehen uns dann?" Sie schaute Daniel mit ihren dunklen Augen an, als wüßte sie längst um ihre gemeinsame Liebe zu dem alten Dorf.

Mit den Wochen, in denen sie sich häufig sahen, kehrte Vertrautheit zwischen beiden ein. Sie erzählten und befragten einander, und kam einer der beiden einmal ein paar Tage nicht ins Dorf, dann fehlte ihnen etwas, auch wenn beide sich bemühten, die Freude über das Wiedersehen danach nicht allzu offen zu zeigen. Von Assimína erfuhr Daniel, daß das Dorf nicht so verlassen war, wie es ihm zunächst erschienen war. Vier Bewohner hatten sich gewehrt, hatten dem Druck einer kleinen Soldateska aus Athen getrotzt. Das Beben hatte ihre Häuser verschont, und jetzt, wo sie das Grollen der Erde überstanden hatten, hätten sie eher den Tod gewählt, als hinunter ans Meer zu ziehen. Und schließlich ließ man sie, weil die Mission auf Befehl eines fernen Schreibtisches zu Ende zu gehen hatte, weil man vier Menschen in Trümmern keine Zukunft gab und weil man auch zuversichtlich war, sie würden irgendwann doch von alleine gehen.

So lebten denn hier noch der Eseltreiber Mítsou, der mit seinem Tier gelegentlich für ein paar Drachmen laut fluchend Lasten transportierte, der Ziegenhirt Tássilos, der nur zeitweilig hier hauste und sonst mit seiner Herde über die Insel zog, und schließlich Aléxandros, der Weise, mit seiner Frau Tassía. Nur von diesen drei Häusern schlich sich die abendliche Petroleumbeleuchtung aus kleinen, trüben Fenstern nach draußen und verlor sich in der Nacht, noch bevor sie eine gegenüberliegende Hauswand traf.

Niemand hätte es geschafft, so erzählte Assimína dem Deutschen, Aléxandros aus seinem Lehnstuhl, den er ohnehin kaum verließ, zu zerren und ihn in einen der Betoncontainer zu verfrachten, die im Hafenort für die Obdachlosen aufgestellt worden waren. Seine Frau dachte und fühlte, was Aléxandros vorgab. Sie versorgte das Genie und schlief des Nachts treu ergeben zu seinen Füßen auf dem im Sommer kühlen und im Winter klammen Steinboden, nur durch ein paar aufeinander geworfene, in düsteren Farben geklöppelte Teppiche vor der ärgsten Kühle des Steingrundes geschützt. Wieso es möglich war, daß Aléxandros acht Sprachen fließend beherrschte, obwohl er seit Jahrzehnten mit niemandem ein Wort wechselte, wieso er all die Musik der Klassiker Europas kannte, wieso er über Physik, Chemie und Medizin mehr wußte als manche Doktores ihres Fachs, das konnte sich niemand so recht erklären. Und da man sich auch erzählte, daß er ein Menschenverächter sei, weil er sich mit niemandem austauschte und niemand zu sich ins Haus ließ, sprossen die Gerüchte um ihn wie der rankende Wein vor seiner Tür.

Einmal kam es Daniel so vor, als ob der sonst geschlossene Fensterladen, hinter dem er den Einsamen vermutete, etwas aufgestoßen wurde - kaum wahrnehmbar, aber doch um einen winzigen Spalt, als er sich in Sichtweite des Hauses von Aléxandros aufhielt. Daniel wollte die Dämmerung abwarten, den Augenblick, da die Sonne die alten Mauern und schmalen Wege in warmes, orangenfarbenes Licht tauchte. So konnte er beobachten, daß der Fensterladen die Stunde, die er selbst hier wartete und die er selbst hier wartete und die Veränderung genoß, eine Handbreit geöffnet blieb und erst ganz langsam wieder zugezogen wurde, als er seine Fotos gemacht hatte, sich anschickte, seine Kamera vom Stativ zu schrauben und seine Sachen zusammenzupacken. Er spürte, daß er von Aléxandros aufmerksam bewacht wurde, ob aus Neugier oder Feindseligkeit, blieb ihm zunächst verborgen.

Anfangs hatte er noch mit dem Mut des Naiven an seine Tür geklopft. In der Meinung, der Alte wäre vielleicht neugierig, wenn es sich um einen Fremden handelte, hoffte Daniel, er würde den Weisen zu Gesicht bekommen oder gar Gelegenheit haben, mit ihm ein paar Worte zu wechseln. Aber die Tür blieb verschlossen, und kein Laut drang aus dem Inneren des Hauses nach draußen.

Ein anderes Mal eilte Daniel auf das Haus zu, als er sah, wie Tassía mit geraffter Schürze, in der sie offenbar etwas Eßbares nach Hause trug, umständlich den Schlüssel in die Tür steckte. Aber die Alte sah ihn verschreckt mit großen Augen an, so als fühlte sie sich bei einer verbotenen Handlung ertappt, und verschwand schnell hinter der Tür, die vor Daniels Gesicht ins Schloß fiel. Tassía, die auch schon einmal einen kleinen Tratsch hielt, verfiel jedesmal in Schweigen, wenn sie sich in der Nähe ihres Hauses befand, als fürchte sie, von ihrem Mann für ihr Sprechen bestraft zu werden. Fragen, die sich auf ihren Mann bezogen, beantwortete sie nie, das hatte Daniel schon oft erfahren müssen.

Als erste von drei Töchtern war sie in der Familie von Harzsammlern aufgewachsen. Als sie, sehr zum Leidwesen ihres Vaters, den schon in seiner Jugend stillen und in sich gekehrten Aléxandros heiratete, bekam sie das Haus, in dem sie jetzt noch lebten, zur Aussteuer. Die Jahrhunderte währende Familientradition des Harzsammelns fortzusetzen, machte der schweigsame junge Mann wenig Anstalten. Tassías Schwestern starben früh am Kindbettfieber, weshalb der Vater das nunmehr einzige Kind auch nach der Hochzeit aushielt, solange er selbst noch durch die Wälder zog, in die Rinde der Pinien handbreite lange Wunden schlug und darunter kleine Blechnäpfe nagelte, um darin das goldgelbe Blut der wehrlosen und stummen Opfer aufzufangen. Mit Kanistern behangen folgte ihm sein geduldiger Esel, von dem er behauptete, daß der Duft des Harzes ihn betäubt und jeden Trotz genommen habe.

Doch eines Tages rächte sich der geschundene Wald. Eine alte, wundgeschlagene Pinie, die unter ihrer zu Geschwülsten aufgeworfenen Rinde längst ge-

storben war, brach im Sturm und begrub den Harzsammler unter sich. Seine Frau Angelikí hatte dies
Schicksal aus einem trüben Harzkessel längst geweis-
sagt; eine Fähigkeit, die sich bei den Frauen der
Harzsammler wie das Tun der Männer vererbte. Angelikí wurde vor Gram so schwermütig, daß sie zu
einer Verwandten in Pflege gebracht wurde. Tassía
mußte das auf sie fallende Gewerbe nun verpachten.
Das wenige Geld ermöglichte Aléxandros und ihr ein
bescheidenes Auskommen; Aléxandros konnte seinen Studien nachgehen, für die nur Tassía ihren
Mann insgeheim sehr bewunderte.

Akzeptiert wurde das kinderlose Paar erst, als
Aléxandros dem damaligen Dorfältesten Konstantínos mit einem Kräutersud aus einer Verwirrung half,
in der er seine Familie bedrohte. Seit dieser ärztli-
chen Leistung waren beide geachtet, bis ihre Zurückgezogenheit im zerstörten Dorf erneut alte Vorur-
teile wachrief.

Daniel lebte mittlerweile fast zwei Jahre auf der
Insel, hatte sich mit einem kleinen gemieteten Haus
etabliert und in die Dorfgemeinschaft des Hafens
eingefügt. Jedesmal, wenn er für kurze Zeit nach
Deutschland oder auf eine andere Insel fuhr, brachte
er ein Stück mehr für sein Wohlbefinden mit, so daß
es schien, als werde Alonnisos zu seiner neuen Heimat. Seine Versuche, Aléxandros zu treffen, hatte er
aufgegeben, ohne daß die Aura des Geheimnisvollen
um diesen Mann für ihn verblaßt wäre. Aber häufig

blieb Daniel für Wochen der Insel fern, und wenn er hier war, führte ihn der Weg nicht mehr gleich hinauf zu dem alten Dorf. Er zog über die ganze Insel und entdeckte dabei immer neue Motive: Gewaltige Riffe, die hundert Meter steil zum Meer hin abfielen, oder kleine, byzantinische Kapellen an lauschigen Plätzen, die, jede einem anderen Heiligen gewidmet, einem einzigen Tag im Jahr entgegen dauerten, um dann einer Handvoll Gläubigen zum Gebet zu dienen.

Alles, auch die Olivenhaine und Pinienwälder, waren zu einer Ruhe erstarrt, als wären sie nur für den Augenblick, den Daniel sie auf seinen Filmen festhielt, geschaffen, um dann wieder in einer göttlichen Schatztruhe verwahrt und verschlossen zu werden. Seit Daniel in Griechenland lebte, fand er Zugang zu den Gedanken Platos, war überzeugt, die Urbilder bis hin zu den Farben und dem Licht selbst zu erleben.

Auch Assimína sah Daniel seltener. Doch wenn er von seinen Reisen und Wanderungen zurückkam, war für ihn das Mädchen jedesmal schöner, und er verstieg sich mehr und mehr in Schwärmerei, empfand sie als Urbild alles Weiblichen und Schönen. Er genoß das Vibrieren in seinem Inneren, das sich schon in die Vorfreude, sie wiederzusehen, mischte, doch war er noch weit davon entfernt, sich einzugestehen, daß er sich längst in sie verliebt hatte.

Und dann geschah das Unerwartete: Daniel schlenderte wieder einmal durch das alte Dorf, vorbei am Hause Aléxandros, da bemerkte er, daß ihn die Tür nicht mit dem gewohnten lichten Blau, sondern mit der Schwärze eines dunklen Raumes dahinter ansah. Tassía war Daniel gerade erst auf dem Eselsteig begegnet; sie war auf dem Weg zum Hafen, um ein paar Einkäufe zu erledigen, als sie seinen Gruß mit scheuem Lächeln erwiderte.

Einen Augenblick zögerte Daniel, dann ging er behutsam auf das Haus des Alten zu. Bewegte sich da nicht der Laden? Daniel war erregt. Er stand auf der Schwelle, hielt die Klinke der geöffneten Tür, als wollte er daran Halt suchen, und sah in den lichtlosen Raum. Noch bevor sich das Auge gewöhnt hatte, fragte er beinahe schüchtern ins Dunkel hinein: „Aléxandros?"

„Komm herein und setz' dich."

Daniel hörte überrascht die freundlich einladende Stimme. Er sah sich um und erkannte, kaum fünf Schritt entfernt, direkt hinter dem halb geschlossenen Laden, den Lehnstuhl mit dem Alten darin. Der Raum atmete eine ehrfürchtige Stille. Daniel wagte nicht zu fragen, wohin er sich setzen solle, als er einen Schemel gewahr wurde, auf den er sich niederließ.

Eine Weile musterte ihn der Alte schweigend, während Daniels Augen durch das Dämmerlicht tasteten, aus dem allmählich mehr und mehr Gegenstände hervortraten. Ein großer, gemauerter Kamin gähnte ihm unter weit geöffnetem Bogen kalt entgegen. Rechts daneben kletterte ein schwer beladenes Bücherregal die Wand empor und klammerte sich an den verräucherten Balken einer hölzernen Decke fest: Aléxandros Bibliothek.

Auf der anderen Seite sah er einen schlichten Tisch mit einem Wandschrank darüber, in dessen Glastüren sich trüb die Düsternis des Raumes spiegelte. An seiner Unterseite hingen zwei Töpfe und eine Pfanne. Auf dem Tisch stand stelzig ein kleiner Gaskocher: Die Küche.

Vor dem Fenster hingen, wie in den meisten Wohnungen hier, Knoblauchzöpfe, um die Mücken zu vertreiben. In der Ecke daneben stand ein kunstvoll geschreinertes Bett mit Seitenteilen aus diagonal, zum Waffelmuster angeordneten Leisten, gedrechselten Beinen, die am Kopfende hoch aufragten und die Reste eines Baldachins hielten: Das Schlafzimmer.

Allerlei Keramik und auch Fotografien waren ungeordnet an den Wänden dekoriert. Aus einem kleinen Regal ragte die gewaltige Schallmuschel eines Grammophons in den Raum. Darunter locker eingereihte Schallplatten: Das Musikzimmer.

Ein weiterer Tisch mit einer Petroleumlampe und wieder einem Stapel Bücher drückte sich an den Lehnsessel, in dem Aléxandros saß. Zwei große Gläser standen neben der Lampe, daneben eine begriffene Flasche ohne Etikett, eine Schale mit dunkelgelben Geleeschnitten davor: Symbole griechischer Gastfreundschaft.

Aléxandros war vorbereitet, schien auf ihn gewartet zu haben. Während Daniel durch die Zimmer „gewandert" war, hatte er sich an die Dunkelheit gewöhnt, ja er empfand das wenige Licht jetzt als angenehm.

„Du kommst aus Deutschland, habe ich gehört, und bist Fotograf?"

Daniel nickte. Der Alte musterte ihn, ließ sich Zeit, seinen nächsten Satz zu formen. Schwer zu sagen, wie alt er war. Der Kopf war ein wenig zwischen die Schultern gezogen, wilde graue Haare, die in einen noch immer üppigen Bart übergingen, rahmten ein waches, forschendes Gesicht. Der dunkel gekleidete Körper hob sich kaum im Dämmerlicht ab. Um so mehr fielen die Hände auf, die feingliedrig, sich gegenseitig haltend, im Schoß lagen. Daniel schien es, als wären sie nur dazu da, mit der ewig gleich bleibenden Krümmung der Finger ein Buch zu halten und von Zeit zu Zeit die Seiten zu blättern. Die Füße des Alten ruhten nackt auf einem hölzernen Bänkchen, drückten die Knie etwas nach oben, so daß sie ein natürliches Lesepult bildeten. Daniel mußte über diese Funktionalisierung schmunzeln. Seltsamerweise glaubte Daniel in seinen Augen etwas wie Befangenheit zu entdecken, die nur daher rühren konnte, daß dieser Mann so wenig Kontakt mit Menschen hatte.

Aléxandros rechte Hand kam aus dem Schoß, füllte die beiden kleinen Gläser aus der Flasche. Daniel roch den würzigen Anis. Aléxandros schob ihm einen *ouzo* zu, nahm sich das andere Glas und hielt es Daniel entgegen.

„*Stin ijí*a, Daniel."

26

„*Jásu*, Aléxandros."

Die Gläser klickten aneinander. Mit dem ersten Schluck löste sich die aus Neugier und Zurückhaltung gewobene Spannung.

„Wir können übrigens deutsch reden, wenn du möchtest. Ich habe diese Sprache einmal gelernt. Ich bin zwar aus der Übung, weil ich lange keine Gelegenheit mehr hatte, sie zu sprechen, aber es wird schon gehen."

Schon mit diesem Satz wechselte er in ein Deutsch, das flüssig und fast akzentfrei kam. Daniel nuschelte eine erstaunte Anerkennung.

„Es ist ungewöhnlich, daß sich Fremde hier so lange aufhalten. Hast du vor, noch zu bleiben?" fragte Aléxandros.

„Vielleicht noch ein Jahr - oder auch länger."

„Was machst du in Griechenland?"

„Ich bin hierher gekommen, um Fotos für einen Bildband über die griechischen Inseln zu machen. Meine Arbeit ist fast zu Ende, aber ich überlege, ob ich noch bleibe - für mich; es gefällt mir bei euch."

Aléxandros schwieg, aber Daniel spürte eine gewisse Unruhe, so als zwinge sich der Alte zu der Unterbrechung.

„Magst du Musik, ich meine klassische Musik?" kam dann fast eilig die Frage. War die Musik überhaupt der Grund, warum er heute den Fremden zu sich gelassen hatte?

„Ich spiele zwar selbst kein Instrument, aber ich höre klassische Stücke sehr gerne", antwortete

Daniel abwartend, worauf der Alte es abgesehen hatte.

„Ich liebe sie." Aléxandros preßte dabei seine Hand auf die Brust, wollte damit wohl ausdrücken, daß zwischen ‚gerne hören' und seinem Empfinden für die klassische Musik ein himmelgroßer Unterschied lag. Wieder ein Zögern, dann kam es vorsichtig heraus:

„Es ist für mich sehr schwer - beinahe unmöglich -, neue Schallplatten zu bekommen. Wenn du wieder nach Deutschland fahren solltest, könntest du mir eine Schallplatte mitbringen? Wenn es nicht zu viel Mühe macht natürlich. Ich sehne mich nach dem Konzert für Violine und Orchester in D-Dur von Ludwig van Beethoven. Meinst du, daß sich das machen ließe?"

Das war es also. Natürlich versprach Daniel, den Wunsch zu erfüllen und auch mehr Platten mitzubringen; dabei erstaunten ihn die detaillierten Kenntnisse des Alten, und es überraschte ihn auch, daß er sein Anliegen so unkompliziert und doch unsicher vorbrachte. Daniel war es gewohnt, daß seine Freunde von der Insel ihm Wünsche auftrugen, wenn er nach Deutschland fuhr. Das waren dann jedoch Dinge wie eine Armbanduhr, ein Fernglas oder ein tragbares Radiogerät. Das ferne, westliche Europa war für sie das Schlaraffenland, in dem es alles für lächerlich wenig Geld gab. So glaubte man es, und so erzählte man es sich weiter.

Da nun dieser eine Wunsch heraus war, überfiel Aléxandros seinen Gast mit so viel anderen Fragen,

28

daß es Daniel schien, als habe er sie alle in den zurückliegenden Monaten für diesen Augenblick aufgehoben. Er erkundigte sich nach Büchern von Erich Fromm und fragte skeptisch, aber interessiert, was Joseph Beuys unter Kunst verstehe und wie seine Werke in Deutschland und der Welt aufgenommen würden. Daniel kam sich wie ein Examinand vor, der sich nur unzureichend auf seine Prüfung vorbereitet hatte. Beschämung kam in ihm auf, wenn er, der er aus einer Welt, die alle Bildungsmöglichkeiten bot, auf diese Insel gefunden hatte, vor diesem Einsiedler passen mußte. Doch dann überbrückte Aléxandros höflich, indem er seinerseits anfing zu erzählen. Es klang durchaus Stolz durch, als er dem Deutschen sagen konnte, welch ein besonders brillanter Interpret Schumanns der Pianist Wladimir Horowitz sei und daß Chopin kaum besser gespielt wurde als von Artur Rubinstein. Als er schließlich sein Wissen hinreichend ausgekostet zu haben schien und seine Neugier einigermaßen befriedigt war, sah er sein erschöpftes Gegenüber mit einem zufriedenen Lächeln an, füllte die Gläser noch einmal und nahm Daniel das Versprechen ab, ihn bald wieder zu besuchen.

Aus dieser ersten Begegnung wuchs eine Freundschaft, die Daniel, ohne daß er sich den Grund dafür eingestand, wie ein kostbares Gut für sich behielt. Einmal nur, als sich Assimína etwas abfällig über den sonderbaren Alten äußerte, reagierte Daniel so entrüstet, daß das Mädchen erstaunt fragte, ob er denn

Aléxndros inzwischen kennengelernt habe. Daniel erzählte, zuerst nur wenig und dann doch ausführlicher, und Assimína lauschte interessiert. Sie schien sich in einer Ahnung bestätigt zu fühlen, die dem Geschwätz der Leute wohl nie ganz Glauben geschenkt hatte.

Die Besuche im alten Dorf wurden für Daniel zu Besuchen bei Aléxandros. Mit den letzten Filmen, die er nach Deutschland gebracht hatte - wo er auch des Alten Musikwünsche erfüllen konnte -, hatte er seinen Auftrag zu Ende gebracht; er fühlte sich frei, er genoß die Zeitlosigkeit auf der Insel mehr denn je und suchte immer häufiger den geistigen Austausch mit dem Alten. Fast immer war er der Hörende, beinahe der Schüler; dann und wann revanchierte er sich, indem er von seinen Erfahrungen mit den Großen und Schönen der Welt plauderte, denen er mit seiner Kamera hinterhergejagt war. Für Aléxandros war dies eine fremde Welt; mit wachem Blick lauschte er, und in seinem Lächeln war neben Amüsement auch die Abneigung gegenüber dem allzu Lauten der Welt zu lesen. Wie um ein Gegengewicht zu schaffen, fing er dann an, über seine Welt, die Insel, zu erzählen.

„Was weißt du eigentlich über Alonnisos und all die verlassenen Inseln in der Nähe?" fragte Aléxandros eines Tages. Daniels Antwort kam zögernd, weil er glaubte, daß es nicht viel zu wissen gäbe. Doch Aléxandros hob nur die Augenbrauen und begann zu erzählen:

„Gioura, eine menschenleere Insel nicht weit von hier, die wie ein gewaltiger Felsbrocken steil aus dem Meer ragt, soll das Land der Zyklopen gewesen sein. Die Leute erzählen, daß vor einer riesigen Höhle in den Fels gedrückte Fußspuren zu sehen wären. Zwischen Gioura und Alonnisos liegt die Insel Kyra Panagiá. Hier öffnet sich, von außen kaum wahrnehmbar, eine tiefliegende Bucht mit dem Namen Plataniá. Sie ist vor jedem Wetter geschützt. Homer schreibt in seiner Odyssee über die Insel gegenüber dem Zyklopenland: ‚Und der Hafen so sicher! Kein Schiff bedarf da der Fessel.‘ Hier könnte es also gewesen sein, wo die Gefährten des Odysseus Schutz fanden, während er mit einer kleinen Schar hinüber fuhr, um den Einäugigen zu blenden. Eine andere Legende sieht in Alonnisos die Insel der Sirenen. Tatsächlich kannst du heute noch zwischen all diesen Inseln die letzten Mönchsrobben finden; sie mögen die Sirenen gewesen sein, die mit ihrem Gesang die Fischer in ihren Bann schlugen. Aber wie du selber weißt, gibt es mehrere Inseln, die für sich beanspruchen, Orte dieses Geschehens gewesen zu sein. So wichtig ist es auch nicht, wo Odysseus nun wirklich war. Es bleibt das Gefühl bei den Menschen hier, daß all die verlassenen Inseln um Alonnisos irgendein Mysterium bergen; über die Jahrhunderte wurden die Geschichten ausgeschmückt und der nächsten Generation übergeben. In der Antike hieß Alonnisos noch Ikos, danach gab es auch eine mittlerweile versunkene Stadt mit Namen Skandéra. Bei ruhiger See kann man im seichten Wasser noch die Fundamente erkennen. Eines Tages wird man sicher auch vor unseren Küsten gesunkene Galeeren finden, voll beladen mit den schönsten irdenen Gefäßen; die Töpferei war hier und auf den Nachbarinseln ein einträgliches Gewerbe. Die felsigen Klippen waren damals gefürchtet, und so manches Schiff zerschellte hier, wenn die stürmischen Nordostwinde das Meer kochen ließen."

Daniel hörte fasziniert den Erzählungen des Alten zu. Doch auf die Frage, ob er all die Orte schon einmal besucht habe, richtete sich Aléxandros in seinem Lehnstuhl auf, so als wollte er den Stolz seiner Antwort auch durch seine Haltung unterstreichen, und sagte:

„Ich habe Alonnisos in meinem Leben nie verlassen. Wir Menschen von dieser Insel lebten schon immer zurückgezogen und hielten selbst zu den nächstgelegenen Inseln Distanz. Manch einer mag heute zwar über mich abfällige Bemerkungen machen - ich weiß das alles -, aber jeder von ihnen ist mir in seiner Art näher, als er das wahrhaben möchte. Vielleicht prägt uns die Ferne zum Festland. In all den Wirren der vergangenen Jahrhunderte schien man die Menschen hier vergessen zu haben, und sie spürten selbst auch nicht den Drang, sich in Erinnerung zu bringen. Aufs Meer hinaus wagten sie sich in den Zeiten der Barbarei nur ungern, weshalb es kaum Fischer gab. Nur was diese Insel ihnen bot - Getreide, Oliven, Mandeln, Früchte, Honig und auch Wein sowie die

Ziegen mit ihrer Milch, ihrem Käse und ihrem Fleisch -, sorgte für den Lebensunterhalt der wenigen, die hier aushielten. Natürlich gab es auch Eindringlinge und Seeräuber, die ihnen das Leben schwer machten. Deshalb siedelten die Menschen hier oben, weit entfernt vom Meer. Die Alonnisioten waren nie kämpferisch; erklommen die Plünderer den Berg, dann fanden sie das Dorf meist leer vor - die Menschen hatten sich versteckt: Kaum einer weiß heute noch, daß es hier einen unterirdischen Stollen gibt. Mittlerweile ist er weitgehend verfallen, doch er existiert noch."

Die Stimme des Alten wurde leiser, geheimnisvoller.

„Den Eingang zu diesem Stollen kennen nur noch wenige außer mir. Ein Gang führte einmal sogar bis hinunter zu der Bucht im Westen, wo in früheren Zeiten der Hafen war. Dieser Stollen war unsere Zufluchtsstätte; ihn preiszugeben, wäre Verrat gewesen und hätte den Tod bedeutet - für jeden, ausnahmslos. Alte, Frauen und Kinder verschwanden zuerst hier, später kamen die Männer, die bis zuletzt die Eindringlinge beobachtet hatten. - Ich habe als Kind noch so einen Raubzug erlebt. Versprengte Banditen, die sich im Schatten der Kriegswirren zu bereichern versuchten, überfielen unsere Dorfgemeinschaft."

Aléxandros sprach gedehnt, als wollte er die Zeit noch einmal vorbeiziehen lassen. Nach einer gedankenversunkenen Pause wechselte er plötzlich den

Ton. Daniel spürte die Erregung des Alten und sah die Falten auf seiner Stirn tiefer werden.

„Ich erinnere mich noch sehr genau: Es war am Nachmittag eines wunderschönen, klaren Herbsttages, als Tilemáchos, ein Ziegenhirt, gelaufen kam und drei fremde Barken meldete. Sie verhießen nichts Gutes. Eilig suchten wir das Versteck auf. Wir Kinder kannten diese Situation nur aus Erzählungen. Wir folgten mit dem Gefühl, ein spannendes Abenteuer erleben zu dürfen. Doch schließlich machten uns die ernsten und besorgten Gesichter der Alten Angst. Im Stollen durfte kein Licht angezündet werden. Ich klammerte mich an die Kleider meiner Mutter, um sie in der Dunkelheit nicht zu verlieren. Mehr Halt konnte sie mir nicht geben, denn in der einen Hand hielt sie ein Bündel mit Dingen, die ihr kostbar waren, im anderen Arm trug sie meinen kleinen Bruder, sein Gesicht fest gegen ihre Brust gedrückt, damit seine Schreie uns nicht alle verrieten. Wenig später hörten wir die Horden über uns durch das Dorf ziehen. Ihre Sprache war mir fremd, aber ich glaubte zu verstehen, daß sie fluchten und schimpften, weil sie nichts Wertvolles fanden und sie nicht wußten, wohin wir geflohen waren. Sie blieben lange. Mir kam es damals vor, als wären es Tage, obwohl ich den Tag von der Nacht nicht mehr unterscheiden konnte. Sicher waren es nur Stunden - trotzdem, die Luft in dem Schacht wurde dünner. An Essen oder Trinken war nicht zu denken, es hätte zu viel Geräusch verursacht. Wasser gab es ohnehin nur in wenigen Krügen. Da

34

fing mein kleiner Bruder an zu wimmern. Ein ängstliches, erbostes Zischen aus der Dunkelheit war die Antwort. Ich krallte mich fester in den Rock meiner Mutter und vergrub mein Gesicht in das rauhe Tuch. Ich fühlte, wie sie meinen kleinen Bruder fest an sich drückte; sie zitterte am ganzen Körper. Alle lauschten jetzt, ob die Banditen uns entdeckt hätten. Ein Poltern über uns jagte panische Angst durch die Schar der zusammenhockenden Menschen. Die Stille danach verriet uns noch nichts. Ich hörte das Gurgeln und Röcheln meines Brüderchens. Es dauerte lange, bis einer der Männer vom Eingang kam und die verschreckte Runde beruhigte: „Sie sind weg." Einen Moment warteten wir noch, dann kletterten die ersten ans Tageslicht, das in seiner Helligkeit grausam und erlösend zugleich war. Erst als die Stimmen draußen lauter wurden, krochen auch wir anderen benommen ins Freie. Einige weinten. Meine Mutter hielt mein Brüderchen im Arm. Ich sah seine Beine schlaff herunter hängen, den kleinen Kopf preßte sie noch immer an die Brust, stützte ihn mit der Hand. Ich ahnte, ich spürte, was passiert war. Auch die anderen; sie sahen es alle und schwiegen. Meine Mutter weinte nicht. Ihr Gesicht war weiß, die Augen trocken und ausdruckslos. - Die Beerdigung war schon am nächsten Tag. Meine Mutter folgte meinem Bruder schon nach zwei Wochen - Tage, in denen sie kein Wort mehr über die Lippen brachte. Sie starb vor Kummer, aber vor allem, weil sie es so wollte."

Der düstere Raum, in dem Aléxandros und Daniel saßen, hörte schweigend diese grauenerregende Geschichte. Vielleicht zum ersten Mal. Aléxandros hatte sie so erzählt, als wäre sie bisher in seinem Inneren verschlossen gewesen. Vielleicht hatte er im Augenblick des Erzählens nicht einmal bedacht, daß er einen Zuhörer hatte. Daniel wagte nicht, etwas zu sagen, kaum zu schlucken, als Aléxandros fortfuhr:

„Erst siebenjährig, hatte ich mir damals vorgenommen, alles über diese Welt zu lernen, aus der das Böse kommt. Aber meine Insel verlassen, das wollte ich nie! Ich war neugierig, ja. Aber das Wissen sollte zu mir auf die Insel kommen. Jedes Buch, das ich aufspüren konnte, habe ich gelesen. Zuerst wahllos alles, was mir in die Finger kam, später bat ich Vertraute, mir bestimmte Bücher mitzubringen. Unser Dorfpfarrer half mir dabei am meisten, denn er war beinahe der einzige, der die Insel regelmäßig zwei- oder dreimal im Jahr verließ. Er brachte mir jedesmal Bücher mit und eines Tages auch dieses Grammophon zusammen mit meiner ersten Schallplatte. Es war das Orgelkonzert von Camille Saint-Saëns. Doch je mehr ich las, je mehr Wissen ich mir aneignete, desto mehr wurde ich mir meiner Unwissenheit bewußt. Wissen ist wie ein Fluß, der aus einer ewig sprudelnden Quelle gespeist wird. Während ich ein Buch lese, werden Tausende neu geschrieben, während ich einen Gedanken finde, werden Millionen neue gedacht. Aber das Gute an Büchern ist, daß ich die Menschen nicht sehen muß, um sie zu kennen. Ich kenne sie in all ihrer Klugheit und in all ihrer Intoleranz, in ihrem Schöngeistigen und in ihrer Verderbtheit - besser als einer, der um die Welt hetzt, im Glauben, mehr zu erfahren, wenn er alles sieht."

Je mehr Aléxandros bei ihren Zusammenkünften erzählte, desto klarer erkannte Daniel, daß der Mann mit all seinen Büchern und seiner Musik nicht einsam, sondern nur allein war. Die Menschen auf der Insel hatten ihm nichts mehr zu sagen, deshalb zog er sich zurück und schloß sich ein. Daniel war immer aufs neue dankbar, diesem Mann begegnet zu sein. Schon nach dem ersten Mal konnte er ein völlig neues Bild von Aléxandros zeichnen: Ein Menschenhasser war er sicher nicht, wohl aber ein Verächter jeglicher Ungebildetheit.

Und mit jeder seiner Erzählungen war er für Daniel menschlicher geworden. Er war nicht länger der große Unbekannte, der verunsichernd Geheimnisvolle. Besonders mit der Erzählung von dem Tod seines kleinen Brüderchens hatte Aléxandros sich geöffnet. Er zeigte Gefühl, er zog den Fremden, der zum Freund geworden war, ins Vertrauen, akzeptierte ihn als gleichwertigen Gesprächspartner. Trotzdem kam sich Daniel so klein neben diesem Mann vor, wenn er auch spürte, daß er unendlich viel von Aléxandros lernen konnte. Die Insel und sein Leben hier erhielten eine völlig neue Dimension. Dabei war der Weise, wie Daniel ihn längst auch mit ehrlichem Respekt nannte, zu keiner Zeit schulmeisterlich oder gar arrogant. Sie lachten gemeinsam, hatten ihren Spaß auch an Nichtigkeiten und amüsierten sich über das Gerede der Leute. Vertrautheit schlich sich ein und sperrte zugleich Tassía aus, die immer unter einem Vorwand gehen mußte, wenn Daniel kam. Es war ihm zu Anfang unangenehm, aber Tassía schien sich daran nicht zu stören, hatte sie doch dadurch mehr als sonst Gelegenheit, sich mit den Frauen unten im Hafen zu treffen oder Verwandte zu besuchen.

Unter all den Erzählungen von Aléxandros waren es vor allem die geheimnis- und sagenumwobenen, von Menschen längst aufgegebenen Inseln rund um Alonnisos, die Daniel neugierig machten. Bis der Weise ihm dann eines Tages den Rat gab, einmal hinüber zu fahren. Doch als er Assimína von seinem Vorhaben erzählte, sich von Fischern auf Kyra Panagiá oder Skantzoura absetzen zu lassen, da sah sie ihn mit ihren dunklen Augen erschreckt an und wiederholte zu seinem Erstaunen das schon fast vergessene Gerücht, das ihm einst der Trunkenbold erzählt hatte:

„Fahr' nicht nach Skantzoura, Daniel. Die Leute erzählen sich nämlich von einem Fremden auf der Insel, den die wenigen, die ihn bisher beobachtet haben wollen, immer nur von weitem sahen. Man weiß nicht, wer er ist, von woher er kommt und was er dort macht. Ich jedenfalls finde es unheimlich. Vielleicht ist es ein entkommener Sträfling. Ein Fischer hat allerdings auch erzählt, daß seine Netze immer dann leer geblieben seien, wenn er den Fremden auf der Insel gesehen habe. Er glaubt an einen Dämon."

„Aber du glaubst hoffentlich nicht an diesen Unsinn", antwortete Daniel lachend.

„Natürlich nicht daran, daß dieser Fremde Grund für einen schlechten Fang gewesen sein soll. Aber ich finde die Geschichte trotzdem merkwürdig. Ich hätte Angst."

Aus einem lächerlich männlichen Trotz stand für Daniel gerade dadurch fest, zuerst nach Skantzoura zu fahren. Für den Moment allerdings verschwieg er das dem Mädchen.

Schon bald suchte er in den Kneipen die Gesellschaft der Fischer und fragte herum, wer vorhätte, demnächst nach Skantzoura zu fahren. Seinen Wunsch mitgenommen zu werden begründete er mit seinem Interesse an der Arbeit der Fischer, was die Leute offenbar so hinnahmen. Als Georgious zusagte, war Daniel besonders froh; sie mochten sich und verstanden sich seit langem.

Zwei

Die Welle wurde höher, rollte mit mehr Kraft, hatte Zeit sich aufzubauen. Im Osten war kein Land mehr zu entdecken. Skantzoura aber erhob sich jetzt sanft ein paar Strich weiter südlich aus dem Horizont. Kein gewaltiger Höhenzug, keine markanten Erhebungen, nur eine unscheinbare flache Insel mit ein paar kleineren vorgelagerten Brocken und Hügeln, die sich aus dem Dunst kaum abzeichneten.

Georgious saß am Heck neben dem Ruder, das rechte Bein angewinkelt, den Fuß unter das linke geschoben, den linken Arm auf der weich geschwungenen hölzernen Pinne gestützt. Sein verblichenes, halb aufgeknöpftes Hemd mochte einst kariert gewesen sein. Seine Hose hatte er über die Knöchel hochgekrempelt, an den Füßen trug er hellbraune Plastiksandalen. Die Zigarette in der rechten Hand wurde eher vom Wind geraucht als von ihm, aber sie gehörte nun einmal zu ihm - wie sein schwarzes, dichtes Haar und der kleine, dunkle Schnauzer. Wenn Georgious lachte, waren es meist nur zwei, drei kurze Stöße, die er schnell wieder unterdrückte, als gehöre es sich nicht für einen Fischer, allzu offene Fröhlichkeit zu zeigen. Es waren die Augen, die leise lächelten - auch dann, wenn er wieder einmal mit einem schlechten Fang nach Hause kam. „*Tí na kánume* - da kann man nichts machen", pflegte er mit einem fatalistischen Achselzucken zu sagen, und damit war die Sache erledigt. In den Sprechpausen hatte er sich angewöhnt, kurz die Lippen zu spitzen, was ihm stets einen verschmitzten Ausdruck verlieh.

Wollte man ihn per Funk rufen, war dies kaum nur mit seinem Namen möglich - es hätten sich allzu viele Georgious gemeldet. Deshalb führt jeder Fischer noch einen Zusatz; oft wird der Name des *kaíki* angehängt oder irgendein Wort aus dem familiären Bereich. Georgious hatte den Zusatz *kakotichós*, was Pechvogel bedeutet, und nicht selten kam es vor, daß Georgious nur noch *kakotichós* gerufen wurde. Er erzählte Daniel die Geschichte dieses Beinamens mit einem stolzen Lächeln, wußte er doch, daß er damit einen Namen hatte, den außer ihm keiner führte.

Einmal habe er nämlich ein ganzes Netz verloren, weil er die eigene Markierungsboje überfuhr und dadurch das Brailtau, an dem das Netz hing, mit der Schraube durchtrennte. Als er es über die andere Boje einholen und retten wollte, mußte er feststellen, daß es sich am Grund hoffnungslos verfangen hatte; er mußte es aufgeben. Ein anderes Mal habe ihm eine große Welle den halben Fang von Bord gespült, Körbe und Gerätschaft seien dabei verlorengegangen, und natürlich soll es ein Fang gewesen sein, der so reich war, wie schon lange nicht mehr. Seine Lieblingsgeschichte aber war die, wie ihm einmal mitten auf See die Propellerachse abriß. Er verlor die teure Schraube aus Bronzeguß mit einem Stück der Welle, und durch das große Loch, das nun in der Bilge war, drang unaufhörlich ein kräftiger Schwall Wasser in das Boot. Gerade bevor das Funksprechgerät ausfiel, konnte er noch Hilfe rufen, wurde von herbeieilenden Fischern ins Schlepp genommen und erreichte, nur Sekunden bevor das Boot sank, das rettende Ufer. So war er zwar ein *kakotichós*, ein Pechvogel, aber hatte doch immer wieder Glück im Unglück. Vielleicht war das der Grund für seinen stillen Optimismus.

Auch jetzt lächelte er, als sich ihre Blicke begegneten, und er machte jene für die Griechen so typische Kopfbewegung: Ein diagonales Nicken mit dem Kinn hin zur linken Schulter - was bedeutet: alles in bester Ordnung. Daniel nickte zurück und ertappte sich dabei, daß er diese Art der Kopfbewegung schon wie selbstverständlich übernommen hatte. Er erhob sich von seinem Netzberg, balancierte über all die anderen Berge und Gerätschaften und setzte sich neben Georgious.

„Weißt du, daß es auf Skantzoura ein Kloster gibt?" rief Georgious ihm ins Ohr, um das monotone Dröhnen des Dieselmotors und das Klatschen der Wellen gegen die Bordwand zu übertönen.

„Ich habe davon gehört", nickte Daniel und verschwieg, daß Aléxandros es war, der ihm das gesagt hatte.

„Es ist unbewohnt. Die Mönche haben es vor vielen Jahren verlassen, ... da - du kannst es schon sehen", Georgious zeichnete mit der ausgestreckten Hand eine kleine, kaum wahrnehmbare Unebenheit auf dem vor ihnen liegenden Höhenzug nach.

„Erkennst du es?"

„Ja ..., jetzt sehe ich da was. Wenn du mir sagst, daß das ein Kloster sein soll, dann muß ich es glauben. Warum haben es die Mönche verlassen?"

„Ich weiß nicht. Vielleicht gab es keine Männer mehr, die Mönche werden, oder keine Mönche, die auf Skantzoura bleiben wollten. Wer weiß. Möchtest *du* dort leben?" Er grinste Daniel an.

„Ich kenne es noch nicht. Vielleicht überlege ich es mir, wenn ich das Kloster gesehen habe."

Beide lachten.

„Wenn du Lust hast, kannst du morgen dort hinauf gehen. Es ist nicht weit, ungefähr eine halbe Stunde."

„Wenn du meine Hilfe nicht brauchst, schaue ich mir das Kloster gerne an." Daniel bemühte sich, sein brennendes Interesse nicht zu deutlich zu zeigen. Und Georgious nickte großzügig:

„Wir werden morgen ganz früh auslaufen. Wenn du mir dann das Boot steuerst, während ich die Netze einhole, sind wir in ein paar Stunden fertig, und du kannst anschließend hinauf zum Kloster. Von da oben hast du einen wunderschönen Ausblick. Bei klarem Wetter kannst du alles sehen ... Euböa, Skyros, Piperi, Gioura, Kyra Panagiá, Peristera, Alonnisos, Skopelos ..." - Während er die Inseln aufzählte, wies sein Arm die jeweilige Richtung, bis er den Kreis vollendet hatte. Mit einem breiten, zufriedenen, ja stolzen Lachen schaute er Daniel an, als ob all das *seine* Inseln wären. Irgendwie stimmte es auch - es war ja seine Welt.

Jetzt hatte auch der Fischer Daniel - wenn auch auf andere Weise - neugierig gemacht. Daniel überlegte, ob er die Gerüchte ansprechen sollte, aber er unterließ es; Georgious machte nicht den Eindruck, als ob er an Hirngespinste glaubte. Zumindest scherte er sich nicht um die angeblich schlechten Fangergebnisse, sonst würde er nicht so oft hierherfahren.

Im Näherkommen wuchs Skantzoura langsam aus dem Meer, und das Kloster gab sich mehr und mehr zu erkennen. Es war nur ein Klotz auf der sanften Welle des Bergkammes, später tauchte noch ein zweiter auf; beide zeichneten sich nun deutlich gegen das am Nachmittag im Osten schon etwas dunkler werdende Blau des Himmels ab. Als sie schließlich die ersten vorgelagerten Inselchen passierten - kleine, strauchlose Felskappen, die wahllos verstreut aus dem Meer ragten -, begann der Fischer mit seiner Arbeit.

Im ruhigen Wasser zwischen einer der kleinen Inseln und Skantzoura drosselten sie die Fahrt. Georgious schickte Daniel ans Ruder und übernahm selbst das Auslegen der Netze. Eine erste Markierungsboje wurde geworfen, zeigte den Anfang des Netzes; dann beschrieb das *kaíki* einen weiten Bogen, währenddessen die feinen Maschen dem Fischer durch die Hände glitten. Zuweilen war ein kurzes Schütteln nötig, wenn sie sich verheddert hatten, dann ein rascheres Nachwerfen, so daß sich das Untersimm mit den Grundgewichten gleichmäßig absenken konnte und das Netz hinter sich herzog. Der Fischer war sehr konzentriert bei der Arbeit. Es kamen nur kurze Anordnungen wie: „Rechts - links - halt - vorwärts", denen Daniel sofort zu folgen hatte. Den Abschluß bildete wieder eine am Brailtau hängende Markierungsboje. Sie war schon so weit von der ersten entfernt, daß diese nur noch mit dem geübten Auge zwischen dem Gekräusel der Wellen zu entdecken war.

Nun übernahm Georgious wieder das Steuer, fuhr rasch zu einem anderen Platz, den er gewissenhaft zwischen den Landmassen abzuschätzen schien, dann wechselten sie wieder die Plätze. Georgious mußte die Bodenbeschaffenheit und auch die bevorzugten Routen der Fische genau kennen, denn er peilte sorgfältig den Platz an, wo er die erste Markierungsboje warf. Und wieder das langsame, gleichmäßige Vorausfahren des *kaíki*, das Aus-den-Händen-Gleiten der Maschen und nach einem großen Bogen die Schlußboje. Hin und wieder mußte die Fahrt gestoppt und der Kurs korrigiert werden, und es kam auch vor, daß Georgious ärgerlich wurde, wenn Daniel zu langsam oder unachtsam auf die häufig nur genuschelten Anordnungen des Fischers reagierte. Aber schließlich war die Arbeit getan; nach zwei Stunden waren alle Netzberge von Deck, und sie steuerten eine besonders geschützte Bucht auf der Westseite von Skantzoura an. Der Fischer warf den Anker und machte das Schiff mit einer Leine über Bug an einem Felsvorsprung fest.

Als Daniel an Land ging, empfand er ein ihm fremdes Vibrieren - so als zitterte die Erde unter seinen Füßen. Er sah sich nach Georgious um, der gerade den Knoten der Festmacherleine sicherte, aber es war keine auffällige Reaktion an ihm zu merken. Vielleicht war es nur das ungewohnt feste Land nach den Stunden auf dem schaukelnden Boot.

„Dort drüben liegen ein paar trockene Äste herum", rief ihm Georgious zu. „Du kannst für uns ein bißchen Holz sammeln, damit wir gleich ein kleines Feuer machen können."

Er selbst griff sich den Dreizack, wanderte damit von Felsnase zu Felsnase auf der Suche nach *oktopódia*. Innerhalb kurzer Zeit hatte er sieben gestochen. Bei jedem Erfolg rief er Daniel ein paar Worte zu, die im Echo der felsigen Bucht kaum zu verstehen waren. Aber sie konnten nur Zufriedenheit ausdrücken, denn zugleich hielt er ein sich windendes Knäuel fleischiger Saugarme stolz nach oben. Während er die Tiere mit gekonntem Griff tötete, anschließend die schlaffen Leiber auf dem Felsen mürbe schlug und wusch, machte sich Daniel auf die Suche nach Brennholz. Er mußte nicht allzuweit laufen, bis er einen Armvoll zusammenhatte und noch die Kralle eines abgestorbenen Strauches hinter sich her schleifte.

„Das reicht wohl", lachte Georgious, „wir brauchen ja nur etwas Glut."

„Grillen wir einen deiner Kraken?" fragte Daniel hoffnungsvoll.

„Ich habe ein paar *brisóles* mitgenommen." Er lachte, als er Daniels Enttäuschung sah. Georgious aß lieber Fleisch, Fische hatte er schon zu viele gegessen. Also mußte sich Daniel damit abfinden, daß es heute Schweinekoteletts geben würde.

Die Sonne stand schon schräg, färbte sich langsam glutrot und tauchte das Meer und die Inseln in ein warmes, goldenes Abendlicht. Da fand ein anderes *kaíki* für die Nacht den Weg in die Bucht und machte Seite an Seite mit dem von Georgious fest. Es war nur ein Fischer an Bord, er kam vom Festland aus dem kleinen Ort Trikeri am südlichen Ende des Pilion. Er hatte einen weiten Weg hinter sich, wollte aber auch drei Wochen bleiben und den Fang immer wieder auf den umliegenden Inseln verkaufen. Am nächsten Tag sollte es, sofern das Wetter hielt, nach Skyros gehen. Der Preis war dort besonders gut, da lohnte sich ein Abstecher von einer knappen Tagesreise.

„*Jásu*, Vassíli", rief Georgious, als der Fischer an Land sprang. Sie kannten sich gut, hatten sich schon oft in den Buchten von Skantzoura oder Kyra Panagiá getroffen, und es gab wohl kaum mehr eine Geschichte, die nicht schon von beiden ausgetauscht worden wäre.

„Das ist Daniel. Er ist Deutscher und wohnt auf Alonnisos", stellte Georgious vor. „Stell' dir vor, er

hilft mir bei der Arbeit - und das auch noch freiwil-
lig!"

„Bravo, so ist's recht. Aus welcher Stadt kommst
du in Deutschland?" wollte Vassílis gleich wissen.

„Aus München. Aber ich wohne schon seit zwei
Jahren hier in Griechenland."

„Dann gefällt es dir auch bei uns?"

„Ich mag schon gar nicht mehr weg."

Vassílis freute sich: Der Fremde war in Ordnung.

Sein *kaíki* war von der Größe und Bauart wie das
von Georgious. Beide hatten das wieder spitz zulau-
fende Heck und den breit ausladenden Bauch eines
trechandíri, wie die Griechen diese Boote nennen;
eine Form, die sich auch bei rauher See bewährt haben soll. Eine kleine Kajüte befand sich in der Mitte
als zweiter Steuerstand, ansonsten gab es nur Luken
und Niedergänge für Motor, Kühlraum und Bettstatt. Über all das breitete sich eine Plane als Son-
nenschutz aus, die an einem Gerüst aus Wasserlei-
tungsrohren befestigt war. Aus Leitungsrohren waren auch die mit allerlei Gerätschaften verzierten Re-
lings der beiden Boote.

Das *kaíki* von Vassíli sah dabei eher wie ein über-
ladener Zigeunerkarren aus, denn bei ihm hingen bis
unter die Plane eine Vielzahl von Reusen, Schläu-
chen und Haken. Er verriet Daniel, daß er die Hummer mit Reusen fange, sich aber auch auf seltene Muscheln spezialisiert habe. Ein kleiner Kompressor an
Bord versorgte ihn über geradezu abenteuerliche
Schlauchverbindungen mit Luft bei seiner anstren-

genden Arbeit in fünfzehn oder zwanzig Metern Tiefe. Es machte ihm nichts aus, allein zu arbeiten und nur der Technik auf dem Schiff zu vertrauen, während er über den Grund des Meeres spazierte.

Vassílis war ein kleiner, drahtiger Kerl mit lustig dreinschauenden Augen und immer zu irgendeinem Spaß bereit. Er erzählte von seiner Frau, die ihn selten zu Gesicht bekäme, und von seinem Sohn, der auch schon Fischer sei und ein größeres *kaíki* als er besitze. Allerdings fische der nur mit Netzen; die Vorliebe seines Vaters für das Tauchen konnte er nicht nachvollziehen.

„Irgendwann bleibst du sowieso unten", warf Georgious ein, dem das Tauchen auch nicht so geheuer war. Wahrscheinlich konnte er, wie die meisten Fischer, nicht einmal schwimmen.

Vassílis lachte nur und sagte: „Dann bin ich wenigstens bei meinen Muscheln und Fischen", und nahm einen kräftigen Schluck aus der *ouzo*-Flasche, die schon ein paarmal die Runde gemacht hatte.

Georgious zwinkerte Daniel verschmitzt zu, als er sich an Vassílis wandte:

„Hast du ein paar Fische für das Feuer hier? Schau her, wie schön die Glut ist."

„Natürlich habe ich Fische", antwortete der Kleine, und es klang wie: „Was glaubst du eigentlich, ich und keine Fische!" Er kletterte in sein Boot zurück, kramte in seinem Kühlfach, und Daniel hörte begeistert, wie er einen Fisch nach dem anderen klatschend in eine Blechschale fallen ließ.

„Genug, genug", rief Georgious, „wir haben auch *oktopódia* und Fleisch."

Aber Vassílis ließ sich nicht dreinreden. Er schloß den Lukendeckel über dem Kühlraum erst, als er davon überzeugt war, reichlich ausgewählt zu haben, und sprang dann mit seiner über den Rand mit Fischen gefüllten Blechschale mit einem so kühnen Satz zurück an Land, daß ihm die glitschigen Leiber fast aus der Schale gerutscht wären. Der Abend versprach schön zu werden.

Die Bucht öffnete sich nach Westen wie ein Trichter, bereit, den tiefstehenden glutroten Sonnenball aufzunehmen. Als sich Land und Feuerball berührten, zog die Sonne den Tag wie eine gewaltige Decke hinter sich in den Abgrund. Loderndes Gold verwandelte sich für Augenblicke in glühendes Rot und verglomm in blassem Violett, bis das Schwarz den Sieg davontrug. Es war Nacht geworden.

Die drei setzten sich um die Feuerstelle und reichten die *ouzo*-Flasche herum. Georgious stocherte mit einem Ast das brennende Holz auseinander, bis die Flammen erloschen. Das sanfte Glimmen legte einen matter werdenden Schimmer auf die Gesichter. Zwei Steine rahmten die Glut ein und hielten den Grillrost mit den zuvor rasch gesäuberten Fischen, die sich über der Hitze noch einmal krümmten und reckten, als würde letztes Leben Schmerz empfinden. Doch dann platzte die von den Schuppen befreite Haut und entließ salzige Tropfen zischend in das glühende Holz. Beißend weißer Rauch stieg auf, trieb Tränen in die Augen und wurde von einer erschreckt züngelnden Flamme rasch verzehrt.

Hungrig griff jeder zu, löste die Filets mit den Händen von den Gräten; dazu aßen sie Brot, Ziegenkäse und Oliven, tranken *retsína*, den harzig schmeckenden griechischen Wein. Auf die langsam in die Asche weichende Glut legte Georgious noch zwei der *oktopódia*, die er später mit Essig gewürzt in kleine Stücke schnitt und als Abschluß in die Runde reichte. Dazu gab es noch einmal *ouzo* - das müßte so sein, meinten die Fischer und lutschten sich den salzig säuerlichen Geschmack von den Fingern.

Die Zigarettenschachtel ging herum; Georgious hielt einen Zweig in die Glut, bis das Ende eine kleine Flamme zierte. Er reichte das lange Zündholz herum; als die Flamme erlosch, stieg von dem glimmenden Rest eine Rauchlocke in die Nacht, der Georgious gedankenversunken nachsah.

Die Fischer unterhielten sich gestenreich über ihre harte, oft entbehrungsreiche und in den letzten Jahren immer enttäuschendere Arbeit. Trotzdem strahlten sie eine Zufriedenheit aus, wie sie nur bei so genügsamen Menschen zu finden ist.

Daniel genoß die Atmosphäre schweigend. Welches Restaurant, verglich er das Jetzt mit seinem früheren Leben, vermittelt mehr Ambiente als diese in Äonen gewachsenen Marmorfelsen, auf deren Stufen sie saßen, umsäumt von schützendem Strauchwerk; welch musikalische Untermalung ist lieblicher als das Schmatzen und Gurgeln des Meeres in den kleinen Kavernen? Welches Mahl ist köstlicher als der frische, auf der offenen Glut gebratene Fisch; welches Besteck geht gefühlvoller mit diesen Speisen um als die eigenen Hände? Mit keinem Platz der Welt wollte Daniel von dieser Stelle aus tauschen.

Zu einer Zeit, da in den Touristenorten auf den Inseln und dem Festland das Leben erst losging, da braungebrannte Urlauber in bunter sommerlicher Garderobe über die Promenaden schlenderten, sich in Tavernen und Diskotheken verloren, da mahnten auf Skantzoura die Fischer zur Nacht. Das Feuer war mit wenigen Handgriffen gelöscht. Ohne viel Worte krochen die beiden Fischer unter Deck auf ihre Bettstatt; Georgious streckte noch einmal den Kopf aus der Luke und rief in die Nacht: „*kali níchta*", und verschwand endgültig mit einem laut in die Länge gezogenen Gähnen.

Daniel hatte sich eine Decke mitgenommen und legte sich auf das Vorschiff außerhalb der Plane, die schützend den größten Teil des Bootes überdachte. So konnte er den offenen Nachthimmel über sich sehen. Da gaben Milliarden von Sternen ihr sanftes Licht, das durch keinen Mond überblendet wurde. Zuweilen schrieb ein Meteor eine huschende, glühende Spur in das Schwarz.

Erst der Nachthimmel, dachte er, ist offen, zeigt uns unverschleiert die Wirklichkeit, in der sich unsere Erde bewegt. Eine Wirklichkeit, in der es außerhalb der schützenden Sphäre für uns kein Überleben gibt. Erst der Nachthimmel offenbart die unendliche Weite, läßt Dimensionen und Entfernungen erahnen, die uns doch für ewig unvorstellbar und unüberwindbar bleiben werden. Allein der Gedanke machte Daniel Schaudern, daß er das Licht von Galaxien sehen konnte, die vielleicht vor Milliarden Jahren schon aufgehört hatten zu existieren; nur das Bild von ihnen war unterwegs, in atemberaubender Geschwindigkeit und unsichtbar; wo es auftraf, begann es als Reflex wieder zu leben, um im Aufblitzen bereits zu sterben.

Welch fantastische Anmaßung, welche Überheblichkeit steckte angesichts dieses Wissens hinter dem Glauben, der Mensch auf dem winzig kleinen Planeten Erde hätte eine herausragende Rolle in diesem gigantischen Geschehen des Alls. Angesichts des Nachthimmels, dieses Firmaments der Unendlichkeit, zerrann diese Vorstellung zur absurden Lächerlichkeit.

Nicht die Größe des Alls ist es, die bedroht, es ist die Winzigkeit von uns selbst, das gänzlich Unbedeutende unseres Seins, das wir Menschen uns nicht eingestehen wollen, vor dem wir Angst haben, dachte Daniel weiter. Die Angst vor unserer eigenen Bedeutungslosigkeit blüht in religiösen Phantasien, an die wir uns klammern wie ein Ertrinkender an einen Strohhalm. Im Fieberwahn unserer eigenen Ohnmacht erheben wir den Strohhalm zu einer glitzernden Barkasse, die die Meere der Unendlichkeit befährt, einzig um uns Menschen zu suchen und zu erretten. Warum sind wir unfähig, uns einfach nur als Teil eines Ganzen zu begreifen, das weder um unsertwillen da ist noch wir um seinetwillen? Warum bescheiden wir uns in unserer eitlen Phantasie nicht mit *einem* Leben, sondern gieren nach Wiedergeburt im Diesseits oder Jenseits?

Daniels Augen übersprangen Lichtjahre, huschten über Galaxien. Wie unbegreiflich dieses All ist: Eine Ruhe, die wir niemals finden werden; ein Pulsschlag, der verklingt, wenn wir ein Leben leben; ein Atemzug, der eine neue Sonne gebiert. Sanft, stetig, ungerührt; unsere Hektik ignorierend, unsere Phantastereien verachtend, nicht interessiert, ob es der Mensch begreift. Es ist einfach da, für uns schön und unfaßbar.

Daniel öffnete nach unruhigem Schlaf die Augen, fahles Licht zog bereits auf und brachte einen Stern nach dem anderen zum Erlöschen. Er hörte, wie Vassílis aus seinem Loch unter Deck hervorgekrochen kam, ohne viel Vorbereitung die Maschine anließ und ablegte. Als kurz darauf Georgious herauskam, war das andere *kaíki* schon hinter einem Felsvorsprung verschwunden. Daniel räumte seine Decke beiseite. Beim Einholen der Netze durfte nichts Unnötiges auf Deck liegen.

„*Kali mera*, Daniel", rief Georgious in sparsamer Morgenlaune und goß heißes Wasser in zwei Becher über löslichen Kaffee und Zucker.

„Morgen, Georgious", Daniel schätzte die karge

Art am Morgen. Dankend nahm er den Becher Kaffee und rührte schläfrig schweigend den Löffel, bevor er ihn dem Fischer zurückgab. Das heiße Getränk tat gut.

Auch Georgious ließ nun seinen Motor an und bat Daniel, an Land zu gehen und die Leinen zu lösen. Als sie aus der Bucht heraus Fahrt aufnahmen, war es bereits hell, aber die Sonne noch nicht aufgegangen. Ein paar Kormorane machten die Hälse lang und tauchten ab, als das Boot ihnen zu nahe kam. Korallenmöwen zogen neugierig ihre Kreise über dem *kaíki* und segelten dann weiter; sie merkten, daß es noch zu früh für Beute war. Das Meer spiegelte einen graubronzenen Himmel wider, der sich langsam in ein zartes, durchsichtiges Blau einfärbte. Über Nacht war der Wind völlig eingeschlafen. Das Meer glich trägem Öl.

Georgious saß wieder an der Pinne, die Haare diesmal nicht vom Wind, sondern vom Schlaf zerzaust, und rauchte seine erste Zigarette. Daniel blickte zurück in die Bucht; er sah eine menschenleere Insel erwachen und freute sich schon auf den Entdeckungsgang. Als es galt, den Fang aus den Maschen zu lösen, lehnte der Fischer seine Hilfe ab. Die Arbeit müsse schnell gemacht werden. Wegen der rasch aufkommenden Tageshitze, meinte Georgious fast entschuldigend. Daniel hätte nicht die Übung, und für Erklärungen bliebe keine Zeit. So träumte er übers Meer, stellte sich vor, wie das Leben der Mönche auf Skantzoura einst gewesen sein mochte.

Gerade, als der Fischer die nächst gelegene Markierungsboje erreichte und mit dem Enterhaken barg, stieg ein glutroter Ball hinter den flachen Hügeln der Insel auf, tauchte alles in sein feuriges Licht, mit dem er schon jetzt einen sehr heißen Tag ankündigte. Die Insel schien lichterloh in Flammen zu stehen. Und mitten in diesem gigantischen Lodern war gespenstisch die Silhouette des verlassenen Klosters zu erkennen: Kantige Linien, die sich abhoben von den weichen, ausfransenden Rändern der Sträucher und niedrig wachsenden Bäume, und dann von einer grellen Aura umgeben im Licht zerschmolzen. Die Sonne hob sich in rasendem Tempo, gewaltig und kraftvoll und doch unfähig, die Insel mit sich heraufzuziehen. Und dann stand sie ganz plötzlich am Himmel über dem Kloster, ließ alles unversehrt zurück und ergoß ihr Licht nun über die Weite des Horizonts. Das Kloster rückte aus dem Mittelpunkt, wurde wieder zur Ruine, zum Fremdkörper, der es nicht schaffte, sich in die Harmonie der Landschaft einzufügen. Der Tag hatte begonnen.

Georgious bat Daniel, das Ruder zu übernehmen. Es fiel kein überflüssiges Wort, nur die gebannte Erwartung lag in der Luft, was das Netz barg. Scharf, wie ein Scherenschnitt, hob sich im Gegenlicht vor dem goldfarbenen Meer die dunkle Gestalt des Fischers und das tropfnasse Netz ab. Jeder Tropfen war eine leuchtende Glasperle, die glitzernde Nässe an Deck brachte.

Die Minuten zerrannen im schnellen Takt des Motors, der das Boot sehr langsam bewegte und auch das Netz gleichmäßig nach oben zog. Der Fischer warf die Maschenberge rhythmisch auf die Planken: Seegras, abgerissene Gesteinsbrocken schüttelte er aus dem widerspenstigen Netz, dann ein gewaltiger Seestern und lange nichts. Plötzlich der erste Fisch und gleich noch einer und dann ein wirklich kapitaler Brocken. Daniel spürte, wie in ihm Freude aufkam, als wäre es sein Erfolg, sein Fang. Die Miene des Fischers blieb unbewegt. Wer seine Enttäuschung über einen mageren Fang verstecken konnte, der zeigte eben auch keine überschwengliche Freude.

Und dann kam Leben auf das Fischerboot: Silbrige Geißbrassen, mit einem roten Band gezeichnete Meerbarben, Seezungen mit ihren unmotiviert nur auf eine Seite gesetzten Augen, und sogar einige aus großen glotzenden Augen mürrisch dreinblickende Rote Drachenköpfe; der schaufelförmig vorgeschobene Unterkiefer, die stacheligen Flossen machten es schwer, sie aus dem Netz zu lösen.

Die meisten Fische schüttelte Georgious noch während des Einholens aus den Maschen oder drehte sie mit einem schnellen Griff heraus. Dann warf er sie scheinbar achtlos beiseite. Zappelnd glitten sie über das nasse Deck, bis sie den langsam wachsenden Haufen an der Bordwand erreichten und dort mit heftigen, kurzen Flossenschlägen ihr letztes Leben vergeudeten. Mit glotzenden Augen starrten sie in ihre neue Umgebung, die nur ein dunkles Unten und ein zu helles, gleißendes Oben kannte, und fächelten mit den Kiemen doch nichts anderes als ihren nahen Tod. Die Widerspenstigen aber, die sich aus dem Netz nicht gleich lösen ließen, verschwanden langsam, Schlinge um Schlinge unter den gelben Maschen und anderen Fischen.

Jedes Netz teilte sich so in einen leeren Haufen und einen mit Beute. Als Georgious nach dem Bergen der letzten Markierungsboje zu Daniel hinübersah, kam ein erstes Lächeln auf seine Lippen:

„Na, hat's dir gefallen? Das ist nun unsere Arbeit." Und, um falsche Begeisterung gleich zu dämpfen, setzte er hinzu: „Viel ist es nicht, Daniel", und damit deutete er auf den silbrigen Haufen glotzender Fische. „Auch in den Netzen ist nicht mehr viel drin. *Tí na kánume*, da kann man nichts machen." Augenbrauen und Achseln gingen hoch - die fatalistische Geste eines Mannes, der weiß, daß sich der Fischfang seit Jahren immer weniger lohnt, der ahnt, daß auch sein Meer überfischt ist, der nichts dagegen unternimmt, daß auch ein einheimischer Fischer mit Dynamit fischt, und der bis zum Tod seiner Arbeit nachgehen würde, auch wenn er nur noch die wenigen Fische für den eigenen Bedarf im Netz hätte.

Er riß eine Bierdose auf, trank drei, vier Schlucke ohne abzusetzen, verabschiedete einen langgezogenen Rülpser, ließ sich die letzte Zigarette aus einer Schachtel in die Hand fallen und warf die Schachtel achtlos über Bord, die leere Bierdose folgte.

„Wieviel Kilo schätzt du?" fragte Daniel.

„Bah", der Fischer machte eine abschätzende Bewegung, „vielleicht dreißig." Dann angelte er sich eine gestreifte Meerbarbe und hielt sie Daniel entgegen: „Die bringen am meisten. Die anderen liegen im Preis weit drunter, schmecken aber auch nicht schlechter. Mal sehen, was wir morgen rausholen." Er spuckte über die Bordwand ins Meer - Aberglaube und Gewohnheit.

Für den nächsten Teil der Arbeit, das mühselige Herauspolken und Sortieren der Fische, liefen sie einen anderen Platz an. Die Sonne stand schon hoch, als sie die Bucht erreichten; Atemlosigkeit lag über dem Rund der Felsen, das ihnen teilnahmslos entgegengähnte. Weißlich-gelb tauchte der Marmor aus dem dunkel-türkisfarbenen Meer; erst wo bei rauher See die salzige Gischt nicht mehr hinkam, klammerten sich Sträucher in den Stein. Daniel sprang an Land und machte das Boot fest. Als Georgious den Motor abgeschaltet hatte, überfiel sie das Gekreisch der Zikaden so heftig, als stünde es mit dem Flimmern der Hitze im Wettstreit.

Während Daniel sich eine Flasche Wasser griff und zusammen mit etwas Brot in seine Fototasche verstaute, beugte sich Georgious schon über seine Netze. Er hielt einen mürrisch dreinblickenden Fisch hoch, der vom rundlichen Kopf zur Schwanzflosse fast spitz zulief und dessen Rücken unregelmäßige kleine Querstreifen zierten.

„Schau her. Es sind auch giftige dabei: Das ist ein *drákena*, ein Petermännchen. In dieser Flosse hier oben hinter dem Kopf ist ein starkes Gift. Wenn du die Flosse berührst, mußt du sofort zu einem Arzt. So schnell können wir gar nicht wieder zurück nach Alonnisos fahren." Mit breitem Grinsen berührte er, während er das erzählte, selbst die Flosse. „Ich habe mich im Laufe der Jahre daran gewöhnt. Schau' dir meine Hände an. Durch diese Schwielen geht nichts mehr durch. Aber für dich wäre es wirklich gefährlich."

„Sind sie trotzdem eßbar?"

„Sie schmecken sogar sehr gut. Wir werden diesen hier nachher für die Fischsuppe nehmen." Damit warf er das Petermännchen gleich auf die Seite.

„Mach's gut, Georgious. Ich geh' los", rief Daniel und behielt sein ungutes Gefühl angesichts des giftigen und doch wohlschmeckenden Fisches für sich.

„Du wirst den Weg leicht finden. Dort drüben, zwischen den Sträuchern - kannst du sehen? - da geht es rein." Georgious deutete auf eine Stelle, wo die Sträucher etwas auseinandergerückt standen. „Bis du zurück bist, ist die Fischsuppe fertig."

„*Endáxi* - in Ordnung, ich freue mich schon", rief Daniel und zog los, Skantzoura und das Kloster zu entdecken.

Drei

Der Weg war steinig und schmal, eingesäumt von
Mastixsträuchern, Steineichen, Wacholderbäumen,
verkrüppelt wachsenden Kiefern und gelegentlich
auch verwilderten Olivenbäumen; zum Teil waren
noch die Reste gemauerter Terrassen zu sehen. Der
Pfad schlängelte sich weiter über Stufen natürlich
gebrochenen Marmors, hatte unvermittelt einen
großen Fels in der Mitte, der zu einem kleinen Um-
weg zwang, und hob Daniel mit jedem Schritt weiter
über das Meer, dem Blau des Himmels entgegen. Ab
und zu löste sich unter seinen Tritten ein kleiner
Stein, kullerte ein Stück abwärts, bis er von selbst
wieder Halt fand, um an dem neuen Platz vielleicht
die nächsten Jahre, Jahrzehnte oder Jahrhunderte liegen zu bleiben. Ein trockener Zweig brach unter den
ihren Halt suchenden Füßen, Eidechsen huschten
verschreckt in schützende Felsspalten. Sonst war
nichts zu hören als das monotone Zirpen der Zikaden, allenfalls unterbrochen durch einen verirrten
Windhauch, der sich im harten Laub eines Lorbeer-
baumes oder einer Steineiche rasselnd niederließ.

Die Sonne stand hoch und hielt eine schwüle Hitze

am Boden gefangen. Schweißtropfen rannen Daniel über die Stirn in die Augen, legten sich salzig auf die Lippen. Das Hemd spannte klebrig über der Haut; der Atem wurde schwerer, die Augen, am Anfang neugierig die Gegend erspähend, blickten nach unten, sahen jetzt nur noch die Schuhe, abwechselnd den Halt in roter Erde oder auf weißem Fels suchend, nur zuweilen erhoffte ein Blick das Ende des Weges. Die Glut des Tages dehnte die Zeit.

Als der Steig flacher werdend andeutete, daß er sich seinem Ziel, der Kuppe des Berges, näherte, stand am Rande der Sträucher, vor Jahrzehnten oder Jahrhunderten eingegraben, vom Holzwurm geschwächt, vom Sturm schräg gedrückt, ein hoch aufragendes Holzkreuz - sichtbares Zeichen dafür, daß hier geweihter Boden beginnen solle. Dahinter, vielleicht noch hundert Schritt entfernt, wuchsen zwei grau verwilderte Bauwerke aus dem Boden: Das Kloster.

Kantig erhob es sich aus der Dürre. Daniel blieb stehen. Ein paar Atemzüge rastete er, blickte hinauf zu den schweigenden Mauern, dann nahm er die letzten Meter. Unvermittelt reduzierte sich hier das Grün auf die dornige Bibernelle, vereinzelt gelbgrüne Oreganostauden, zuletzt Disteln, stolz unterbrochen von den Säulen des Dianthus. Und dann nur noch der fast nackte Boden mit dem dünnen Geflecht einer längst trocken gewordenen Grasnarbe, schutzlos der Sonne und dem Wind ausgesetzt, ohne Chance für einen verirrten Samen.

Daniel stand unentschlossen vor dem Kloster. Er wanderte zunächst mit den Augen das heilige Terrain ab, versuchte, Sinn und Bestimmung zu entdecken. Das rechte Gebäude, wahrscheinlich zum Wohnen gedacht, war zweigeschossig errichtet, hatte regelmäßig angeordnete Fenster mit geschlossenen Holzläden, die sich im Grau dem Gemäuer angepaßt hatten, und sogar einen Balkon, der so verfallen aussah, daß er auch das leichteste Mönchlein nicht mehr hätte tragen können.

Der andere Bau ragte trotzig auf den sich neigenden Abhang hinaus. Über dem wuchtigen Fundament wölbte sich eine große Fensteröffnung über die Breite der Front. Keine Holzfassung unterbrach den Halbkreis des Fensters, kein Pfeiler teilte die Architektur. Wie ein Gewölbe öffnete sich das Auge des Klosters, einladend und zugleich in die Ferne weisend, ausschauend, suchend. Die Gemäuer drückten mehr Einsamkeit aus als die Insel sonst. Einsame Natur ist doch immer Leben - verlassene Gebäude sind tot, wirken gespenstisch und bedrückend. Die Mönche hatten Skantzoura verlassen und überließen die Stätte ihres Gottes dem Verfall.

Daniel ging langsam auf den Bau zu. Ein verrostetes Gatter mit schmiedeeisernen Ornamenten, das nur noch lose im Mauerwerk verankert war, gab ihm kreischend den Weg frei. Er ging vier schmale Marmorstufen nach oben und stand in dem hellen Raum, dessen Fensterrund den Blick zum tiefblauen Meer führte. Am Horizont ahnte man die Inseln Peristera,

Alonnisos und Skopelos. Kein Maler hätte diese ausgewogene Schönheit besser treffen können. Für einen Augenblick lehnte sich Daniel an einen Säulenabsatz hinter ihm und genoß im kühlen Schatten des Gemäuers den Ausblick. Zufriedene Stille erfüllte ihn. Er hob die Kamera, die er wie ein Stück seiner selbst immer bei sich trug. Nur ihr Klicken unterbrach die Ewigkeit.

Welchen Sinn mögen die Mönche dem Raum gegeben haben? Zur christlichen Verinnerlichung war er sicher nicht geeignet. Dazu ließ der Bogen zuviel Schönheit eindringen, dazu war die Ferne zu nah. An diesem Ort wäre es schade, mit geschlossenen Augen die Welt auszuschließen. Daniel sah sich weiter um; der Säulenabsatz, an den er sich gelehnt hatte, war ein gemauerter Brunnenschacht, der wohl zu einer darunter liegenden Zisterne gehörte. Über eine kantige Traufe wurde hier einst Regenwasser gesammelt; noch immer lagen Reisigsträuße in der Rinne, um den gröbsten Schmutz zu filtern. Ein hölzerner Deckel verschloß den Brunnen lose; Daniel hob ihn an: Ein dunkles Loch gähnte ihm entgegen, und die hell silbrige Melodie von einigen ins Wasser platschenden Kieseln tönte hohl zu ihm herauf.

Auf Skantzoura gab es kein Süßwasser, das wußte er von Georgious. Vielleicht wurde auch niemals der Versuch unternommen, nach Wasser zu bohren. So mußten die Mönche das wenige Regenwasser, das hier im Jahr fiel, über den langen, heißen Sommer sparsam verteilen. Wasser bedeutete damals wie heute Leben und Überleben; dem Brunnen gebührte sehr wohl ein zentraler, übergeordneter Platz, dachte Daniel. Ein geradezu kultisch sakraler Hauch hing zwischen den Wänden, als wäre der Ort dem Sohn des Hermes, dem Wald- und Herdengott Pan geweiht, oder den Töchtern des Zeus, den Nymphen, die in dieser von Menschenhand errichteten Grotte am Wasser ihrer göttlichen Geliebten harrten.

Daniel riß sich los von seinen Phantasien, ging durch das Tor ins Freie und entdeckte nicht weit in dem dahinter liegenden Gebäudeteil eine schäbige Holztür. Gebückt betrat er einen winzig kleinen, lichtdurchfluteten Hof, der einst ein geschlossener Raum gewesen sein mußte. Die eingefallene Decke hatte zwei Balken im Mauerwerk vergessen, die sich nun bizarr gegen das Blau des Himmels abzeichneten.

Zur rechten Hand dieses Vorraumes, in dem die windgeschützte Lage im Frühjahr hohes Gras wachsen ließ, das sich nun gelb und dürr geworden gegen die Mauern lehnte, war noch einmal eine Holztür. Daniel schob die Tür einen Spalt auf; leise kreischend schrieb sie feine Linien in den weißen Marmorboden. Und nun offenbarte sich Daniel die kleine Kapelle des Klosters, deren dicke Mauern selbst jetzt noch die Kühle des Winters gefangenhielten.

Steifes, holzgeschnitztes Gestühl zierte links und rechts die Wände. Zwölf Plätze für die Jünger Jesu. Die dunkelgrün gestrichene *ikonostásis* hatte in Gold abgesetzte Ränder und barg wunderschöne, alte Ikonen. Die heilige Pforte war mit einem leuchtend roten Tuch verhangen, das kunstvoll gestickte Kreuze zierten; der Altar dahinter fehlte. Mit einem schlichten Stehpult für den Vollzug der Eucharistie schienen die Mönchen zufrieden gewesen zu sein.

Rechts neben einem Fenster, das in breites Mauerwerk tief eingesetzt war, verbarg sich in einem Regal hinter einem kleinen Spitzenvorhang die Klosterbibliothek: Vier altgriechisch verfaßte Bücher. Daniel fragte sich, wie sie an diesem für jedermann zugänglichen Ort fast vierhundert Jahre überdauern konnten. Eine halbkugelförmige Kuppel gab dem Raum Höhe; statt bunter Ornamente, statt Engeln und Heiligen gemahnten Risse im schlicht gekalkten Putz an Vergänglichkeit.

Während das Kloster sein Verlassenwordensein in jedem Raum, jeder Nische, an jeder Ecke ausstrahlte, war in der Kapelle Leben zu spüren. Nicht durch das in die *ikonostásis* eingesetzte Marienbild, nicht durch die platt gemalten Heiligen, deren leidvoll verklärte Augen gen Himmel schmachteten, nicht durch das Gestühl, das sich abweisend steif stellte und in seiner wackeligen Zerbrechlichkeit verriet, daß hier schon lange niemand mehr Ruhe fand.

Nein, Leben war durch einen runden, wachsverklebten Kandelaber, in dessen Sandschale drei zur Hälfte niedergebrannte, dünne Bittkerzen steckten, es war Leben durch zierliche Öllampen, die an filigranen Kettchen hingen, um aus dem Hintergrund

der dunkelgrünen Holzwand in wippende, geister-
hafte Bewegung gebracht zu werden, und es war Leben durch die verschmutzte Plastikflasche mit dem
Cola-Etikett, die halb mit Öl gefüllt war, um diese
Lichter zu entzünden. Ein Glas mit kleinen Geld-
scheinen und Münzen, das auf dem Sims des winzigen, blau gerahmten Fensters mit blind gewordenen
Scheiben stand, war Leben, ein mahnender Opfer-
stock für hierher verirrte Gläubige. Lebendig auch
die leere Zigarettenschachtel, umgeben von abge-
brannten Streichhölzern. So verteidigte dieses kleine
Gotteshaus auf seine Weise einen Platz in der sonst
aufgegebenen Welt: Schmuddelige Spuren einer
Gläubigkeit, die nicht hinterfragte, doch gleichwohl
Wärme ausstrahlte.

Daniel verließ die Kapelle, band sorgsam die
Türen hinter sich zu, stellte noch fest, daß das ehe-
malige Wohnhaus der Mönche verschlossen war, und
schlenderte dann ein paar Schritte in südliche Richtung bis zu einem alten, verdorrten Feigenbaum, dem
gerade noch ein Ast Blätter schenkte, sonst verrenkten sich nur dürre Arme in den Himmel, als wollten
sie Wasser erflehen - umsonst.

Man hatte von hier oben wirklich einen herrlichen
Ausblick in alle Himmelsrichtungen - wie Georgious
geschwärmt hatte. Die Insel hob das Kloster über
strauchbewachsene Kämme und Mulden einer wogenden Landschaft. In verschwenderischer Großzü-
gigkeit verschenkte sie von diesem höchsten Punkt
den Blick in jene Ferne, in der im großen Schmelztie-

gel der Sphären Himmel und Meer zusammen-
fließen. Es war Weite, nichts als Weite, die von diesem Flecken Erde ausging. Im Rund des Horizonts
entdeckte Daniel all die Inseln, die ihm Georgious
aufgezählt hatte, als stünde er im Zentrum der Welt.

Unter dem Feigenbaum drückte sich eine alte
morsche Holzbank in den Boden, auf die Daniel sich
setzte und nur den Augenblick genoß. Ein Windhauch verfing sich im Geäst über ihm, beruhigte sich
dort und senkte sich auf seine Einsamkeit herab.
Seine Augen wanderten über die buchtenreiche Süd-
küste, deren zerklüftete Ufer wie Flammen ins Meer
ragten. Eine leichte Welle nähte um die Felsen einen
Spitzensaum, der sich lautlos weiß um die nächste
Klippe verlor.

Ohne das Lärmen der Zikaden, das zu dieser
baumlosen Höhe nicht heraufdrang, war es so still,
daß Daniel das Atmen der Natur als Lärm empfand.
Auch das ferne Meer gab nur in seinem Flimmern das
Rauschen der Ewigkeit wieder. Das feine Knistern
von Ameisenzügen, die um seine Füße rannten, oder
das hektische Rascheln der Flügel eines vorübertor-
kelnden Schmetterlings - alles floß ineinander, nichts
hatte alleine Bestand. Ein gewaltiges Konzert fein-
ster und doch auch unendlich tosender Klänge zeigte
ihm, was Stille ist. Auf einmal wurden selbst Gedanken hörbar, schienen alle Sinne sich in Ohren ver-
wandelt zu haben, verschmolzen Seele und Körper
mit ihrer Umgebung.

Da brachte ihn ein Geräusch, das aus der Harmonie der Klänge ausbrach, in die Gegenwart zurück. War es ein brechender, knackender Zweig, ein kullernder Kiesel, ein Schlürfen oder Kratzen? Erstarrt hielt er den Atem an, wartete auf Wiederholung. Vergebens. Sein Puls tobte in den Ohren, machte ihm jedes weitere Lauschen unmöglich, und doch verriet ihm ein untrügliches Beben in seinem Inneren, daß er nicht mehr alleine war. Langsam drehte er den Kopf zuerst nach links, dann nach rechts; die Augen wanderten immer ein paar Schritte voraus. Dann drehte er sich, bis er das Kloster hinter sich sehen konnte ... Und dort stand er.

An die Wand der Klostermauer gelehnt, sah er einen Mann - bewegungslos, verwildert, verwittert wie die Mauer selbst. Daniels Herz jagte. War der Mann schon länger da? Hätte er seine Nähe nicht spüren müssen, als er an dem Haus vorbeiging? Wie Blitzlichter tauchten Gedanken auf, verschwanden, ehe er sie halten konnte.

Da löste sich der Mann aus der Mauer und kam auf ihn zu. Mit jedem Schritt konnte Daniel ihn deutlicher erkennen, sah jetzt auch, daß er ihn mit freundlichen Augen anlächelte. Ganz sacht wich die diffuse Angst - wovor eigentlich? -, und noch verkrampft, aber erleichtert, lächelte Daniel zurück. War er ein Fischer? An den mysteriösen Unbekannten mochte er nicht glauben, obwohl es selbst dann keinen Grund für sein Herzklopfen gab. Noch bevor er selbst grüßen konnte, rief ihm der Mann ein freundliches *Jásu* zu - und nannte ihn mit Namen.

Daniel erwiderte erstaunt und verlegen den Gruß. Woher kannte ihn der Fremde? Er versuchte sich zu erinnern, vergeblich. Er rückte ein Stück beiseite, um neben sich Platz zu machen; der Mann setzte sich. Er schien nicht weiter mit Daniel reden zu wollen, blickte nur stumm und in sich gekehrt über die Hänge auf das Meer hinaus.

War dies seine Bank? Vielleicht saß er gewöhnlich hier, wenn er den Berg heraufkam, und hatte sich nur zurückgehalten, als er den Fremden sah. Daniel musterte ihn unauffällig von der Seite. Sein Alter war schwer zu schätzen; er hatte etwas Saturnisches an sich. Eine auffallend hohe Stirn wölbte sich über tiefliegende, freundliche Augen, die Nase war schmal und gebogen, aber nicht sehr groß. Sein Lächeln vorhin hatte Reihen weißer Zähne gezeigt. Es war Daniel aufgefallen, weil den meisten Fischern und Bauern Lücken im Gebiß klaffen. Schütteres Haupthaar fiel dem Schweigsamen im Nacken über den Kragen eines verblichenen, grünen Hemdes. Die Hose war schäbig und geflickt, an den Füßen trug er die für die Ziegenhirten typischen selbstgemachten Sohlen - mit dünnen Riemen hochgebundene Lederlappen, die sich vorne wie ein Horn nach oben krümmen. Seit Jahrhunderten wurden sie so gefertigt. Also kein Fischer?

Was Daniel noch mehr verwunderte, war die Rose, die der Mann in der Hand hielt und jetzt spielerisch zwischen den Fingern drehte. Eine wunderschöne weiße Rose, deren Blattsäume sich rot einfärbten -

Daniel fragte sich, wie eine so wunderschöne Blüte hier auf diesen kargen Flecken Erde kam. Sie konnte nur von irgendeiner der umliegenden Inseln sein und aus einem gepflegten Garten dazu. Doch hätte sie eine Fahrt mit dem Boot so frisch überstehen können?

Der Mann schien sich nicht an Daniels rätselnden Blicken zu stören. Als dieser sich gerade überlegte, ob er nicht mit irgend etwas Banalem das Gespräch beginnen sollte, kam die Frage des Mannes zuerst:

„Wie gefällt es dir hier?" Dabei sah der Alte ihn noch nicht einmal an.

„Sehr gut", antwortete Daniel, „ich bin das erste Mal auf Skantzoura."

Doch der Fremde wußte auch dies und noch mehr: Seine brüchige, doch angenehme Stimme nannte Georgious den Fischer, mit dem er gekommen war.

Überrascht und entschiedener drehte sich Daniel zu dem Mann. Wieso wußte er das? Nun, vielleicht sah er das Boot kommen und erkannte, wem es gehörte. Oder sollte er ihn fragen? Doch er befürchtete, sich zu blamieren oder ihn gar zu kränken, weil er ihn vielleicht kennen müßte. So schluckte er seine Neugier wieder herunter.

Eine Weile plauderten sie über Unbedeutendes, all die Inseln, die sie am Horizont sahen, den seit Wochen ausbleibenden Regen und das Fischen, nur weil Daniel hoffte, ein Gespräch könnte Aufschluß geben. Daniel stellte Fragen über das Kloster, die der Alte ohne zu überlegen beantworten konnte. Und dennoch fühlte er, seinem Anliegen nicht näher zu kommen.

Da erinnerte er sich der Bittkerzen in der Klosterkapelle, dem einzigen Hinweis auf gelegentliche Besucher hier oben, und fragte den Alten beiläufig, ob er denn heute schon in der Kapelle gewesen sei. Doch die Antwort war „nein!", und eher erstaunt fügte der Mann hinzu: „Wie kommst du darauf?"

Nun, die Bittkerzen in dem Kandelaber haben ihn vermuten lassen, auch er habe vielleicht eine entzündet und sei deshalb hier heraufgekommen.

„Ich? Um eine Kerze anzuzünden? Was glaubst du!" lachte der Mann eher belustigt. „Warst *du* denn in der Kapelle?" kam die Gegenfrage.

Daniel nickte.

„Und hast eine Kerze angesteckt?"

„Nein, natürlich nicht", antwortet Daniel schmunzelnd. Er habe sich nur das Kloster ansehen wollen, sei dabei auch in die Kapelle gekommen. „Der einzige Raum übrigens, der noch daran erinnert, daß hier gelegentlich Menschen heraufkommen. Das fiel mir auf."

„Du hast recht. Es kommen Fischer hierher, um irgendein Anliegen loszuwerden, aber selten", erklärte der Alte. „Etwas plagt doch jeden. Dann ist es bequem, sich damit an seinen Gott zu wenden. - Glaubst du das hilft?"

„Natürlich nicht!" antwortete Daniel, vielleicht zu entrüstet, weshalb er schnell abmilderte „wenn's denen hilft, die daran glauben, soll's mir recht sein."

„So ist es meistens mit dem Glauben", sinnierte der Alte. „Glaubst du an einen Gott?" Er sah Daniel von der Seite an und lächelte prüfend.

Daniel überlegte einen Augenblick, wie er reagieren sollte. Vielleicht war der Mann religiös und hatte nur Vorbehalte gegen das Drumherum, gegen die Institution? Aber schließlich, warum sollte er ihm nicht seine Meinung sagen?

Daniel war als Protestant getauft. Lange Jahre hatte er nach einem Gott gesucht, bis er dann aus der Kirche austrat. Er hatte immer wieder enttäuscht für sich feststellen müssen, daß da nichts ist, nichts war und nichts sein würde, das möglichen Glaubensvorstellungen Halt verliehe. Im Gegenteil, alles, was die Kirchen anboten, lief für ihn auf eine Verbiegung seines suchenden und fragenden Verstandes hinaus; sich dahin zu flüchten, wäre Demütigung oder Selbstaufgabe seiner selbst gewesen. Und so kam er schließlich zu der Überzeugung, nicht zu glauben - weder an einen Gottvater, noch an einen Sohn, der nicht Sohn sein durfte, sondern Gott selbst, auch nicht an eine Gottesmutter, die nicht richtig Mutter sein durfte, weil ihr das Empfangen des männlichen Samens verwehrt war. Und auch nicht an das Drama der Kreuzigung, die ihn von Sünden befreien sollte, wo es für ihn keine Sünden gab. Als er sich von diesen Postulaten lossagte, spürte er in sich etwas wie ein Wunder: Ohne den Glauben an all dies Widersprüchliche fühlte er sich auf herrliche Weise frei.

Daniel hörte sich sagen: „Nein ..., ich glaube nicht ..." Ihre Blicke begegneten sich.

Eigentlich interessierte ihn der Fremde und nicht das Thema. Für einen Augenblick wurde es ihm bang, doch eine zu offene Ablehnung gegenüber dem Glauben gezeigt zu haben; er wollte niemanden verletzen, und hier auf den Inseln war wie sonst auf dem Land der Glaube noch sehr stark verwurzelt.

Der Alte sah Daniel geduldig an, als wollte er sein Denken abwarten. Und dann begann er zu sprechen, bedächtig und nachdrücklich:

„Du mußt dir keine Gewissensbisse bei dieser Antwort machen. Ich glaube auch nicht an einen Gott, aber habe mir sehr viel Gedanken über das Verlangen der Menschen nach einem Gottglauben gemacht. Und immer wieder frage ich mich, ob der Glaube an einen Gott überhaupt so wichtig ist."

Warum hatte er ihm dann die Frage gestellt? - Aber der Mann ließ sich durch Daniels fragenden Blick nicht irritieren und fuhr fort:

„Ob es Gott oder Götter gibt, läßt sich ohnehin nicht beweisen. Derjenige, der an einen Gott glaubt, kann genau so irren, wie der, der nicht glaubt. Schon anders ist es mit der Psyche. In deiner Sprache versteht ihr etwas anderes darunter; aber ich meine natürlich die Bedeutung unseres griechischen Wortes, das ihr mit Seele übersetzt. Wir können sie mit unserem Verstand kaum greifen, aber spüren doch, daß es neben dem Körperlichen noch etwas gibt. Nun versuche dir einmal vorzustellen, alle Psychen sind

76

Teile einer Psyche, dann lebt alles aus dieser einen Psyche und vermöge dieser Psyche ist unser Kosmos Gott. ... Kannst du mir folgen?"

Daniel nickte vage.

„Danach müßte auch die Sonne göttlich sein", führte der Mann seine Gedanken weiter, „weil wir auch ihr allumfassende Psyche unterstellen würden - wie all die anderen Gestirne; und *wir* sind göttlich, weil wir durch diese Psyche sind und damit Teil des Kosmos werden."

Daniel versuchte zu entdecken, ob sich hinter dieser Philosophie nicht doch ein Gottesglaube verbarg, als der Alte wie eine Antwort darauf erklärte:

„Dieser Gedanke ist nicht von mir. Er wurde von ...", er zögerte kaum merklich, „er wurde von einem Philosophen formuliert, der vor über 1700 Jahren in Rom lebte und lehrte. Doch leider haben wir solch allumfassendes, kosmisches Denken verlernt. Gesiegt haben die Religionen, die uns *einen* Gott als Gegenüber, als Du, als Schöpfer, als Getrennt von uns eingeredet haben. Damit haben sie dem Kosmos die Psyche genommen und ebenso der Natur. Gott als Gegenüber war nur noch für den Menschen da, niemals auch für Tiere, Pflanzen, niemals für die übrige Welt oder gar für den Kosmos. Im Gegenteil: Der Mensch rückte sich mit dieser Vorstellung selbst so in den Mittelpunkt, daß er seinem Gott unterstellte, die Welt mit all ihrem Leben nur *für* den Menschen erschaffen zu haben. Egal, ob sich der Mensch an dieser Welt nur ergötzen sollte oder ob sie da war, um sie zu besiegen. Die Welt ist nach dieser Vorstellung nicht *mit* dem Menschen da, sondern *für* ihn. - Was würdest du für einen Schluß daraus ziehen?"

„Ich weiß nicht", antwortete Daniel zögernd.

„Nun, all die Götter sind von den Menschen erschaffen wurden und nicht umgekehrt."

Daniel war überrascht. Er hatte geglaubt, einen Fischer oder Hirten vor sich zu haben, und nun saß er hier und sah sich mit religiösen und philosophischen Überlegungen konfrontiert. Schwieg der Alte, wie jetzt, wirkte er seltsam abwesend; beinahe auch körperlich, dachte Daniel verwirrt. Doch verdrängte er diesen Eindruck rasch, versuchte lieber, die Schlüsse und Folgerungen des Geheimnisvollen zu verstehen und erinnerte sich mit einem Mal der letzten Nacht. Fasziniert von der Tiefe des nächtlichen Sternenhimmels war ihm die Diskrepanz zwischen der menschlichen Kleingläubigkeit und der Unfaßbarkeit des Kosmos bewußt geworden, eine Kleingläubigkeit, die noch eitel genug war, den Menschen in den Mittelpunkt allen Geschehens zu rücken.

Da sah er den Zusammenhang in der Begegnung mit dem alten Mann, der seine Gedanken in dieselbe Richtung drängte. Es schien ihm, als ob diese Insel ihn auf geheimnisvolle Weise berühre, sein Inneres aufwühle, seine Gedanken auf einen Weg zwinge, der keine Umkehr zuließ. Er fühlte sich fortgetragen und den Gedanken eines ihm noch Fremden ausgeliefert.

„Alle Naturreligionen waren sich einer allumfassenden Psyche bewußt", begann der Alte wieder.

„Und aus diesem Bewußtsein ergab sich für sie die Notwendigkeit der Harmonie zwischen Mensch und Natur - und zwar schon seit Tausenden von Jahren. Für uns ist dies zu einer Frage des Überlebens geworden, weil uns die Notwendigkeit dieser Harmonie durch unsere Religionen vorenthalten wurde. Den religiösen Menschen war es wichtiger, sich gottgefällig zu verhalten, um sich das Paradies zu sichern, als sich eingebettet in eine Weltordnung zu verstehen, aus der sich der Mensch nicht ausschließen kann."

Der Alte lehnte sich zurück, seine Rose beinahe zärtlich in Händen haltend, und fragte leise, kaum hörbar - vielleicht, weil er wußte, daß die Unmöglichkeit der Antwort den Menschen ausmachte: „Warum zerstören wir das alles?"

Sein Blick ruhte auf der Blüte, als gäbe es auf geheimnisvolle Weise eine Zwiesprache zwischen Rose und Mensch. Daniel glaubte, ihren Duft zu atmen, war gebannt von ihrer ungebrochenen Frische. Der Alte wirkte müde. Seine Lider lagen schwer über den Augen - vor was wollten sie schützen? Die Rose in seinen Händen sprach in ihrer Schönheit von ewiger Jugend. Daniel mußte an Assimína denken, wie er sie zum ersten Mal gesehen hatte - jung, schön wie diese Rose, zwischen all den brüchigen Mauern und eingefallenen Häusern des alten Dorfes. Die respektvolle Innigkeit, mit der der Alte die Blume in seiner Hand barg, weckte Sehnsüchte in Daniel, die er noch immer nicht wahr haben wollte.

„Wie heißt du?" fragte Daniel jetzt doch sehr direkt, vielleicht auch, um das Bild des Mädchens zu verdrängen. Entschuldigend fügte er hinzu, vorhin von ihm mit Namen angeredet worden zu sein, doch könne er sich immer noch nicht erinnern, ihm irgendwo begegnet zu sein.

„Malkos", antwortete der Mann kurz und ignorierte die Entschuldigung.

„Malkos? Diesen Namen habe ich noch nie hier gehört."

„Es ist auch kein griechischer Name. Er kommt eigentlich aus dem Hebräischen. Meine griechischen Freunde nennen mich auch Vassiliós. ... Es bedeutet das gleiche."

Vassiliós bedeutet *König* - was meinte er damit? Daniel war jetzt überzeugt, diesen Mann vorher noch nie gesehen zu haben. Er wie sein Name wären ihm sicher überall aufgefallen; hier, auf dieser verlassenen Insel wirkte der Gegensatz seines Äußeren zu seinen Gedanken, seine Art, das Gespräch zu diktieren, besonders bizarr.

„Nennen sie dich nur so oder bist du auch Vassiliós?" fragte Daniel, um dem Ernst eine scherzhafte Wende zu geben.

„Was heißt schon Vassiliós?" antwortete der Alte mit einem abgeklärten Lächeln. „Ein König muß nicht immer herrschen. König ist auch, wer seine Gedanken adelt, wer sich die Freiheit des Denkens nicht nehmen läßt, wer sich nicht zum Sklaven von Dogmen und Glaubensbekenntnissen macht, sich nicht den Demagogen unterwirft. Und König ist, wer sich zuallererst selbst mißtraut, wenn er glaubt, die Wahrheit gefunden zu haben." Er hob ganz leicht die Augenbrauen, und sah Daniel mit ruhigem Stolz an: „König seiner selbst sein, bedeutet ständige Arbeit an sich, heißt suchen und weiter suchen - gerade dann, wenn du glaubst, gefunden zu haben. Auch du kannst *Vassiliós* oder *Malkos* sein, wenn du willst."

Und dann, als wollte er all der Deutung um seinen Namen erst den rechten Sinn verleihen und doch das Vorhergesagte nicht verlieren, fuhr er fort:

„Sind durch den fanatischen - manchmal auch faktisch-politischen - Absolutheitsanspruch der Religionen die Menschen nicht geistig versklavt worden? Ist ihrem Hirn nicht ein Maulkorb vorgesetzt worden? Ganz anders als in den Philosophenschulen des alten Griechenland und Rom wurde Vorgekautes serviert. Selbst die gebildeten Menschen haben aufgehört, über sich nachzudenken - auch weil es für die Anhänger einer überirdischen Autorität gefährlich war, zu denken. - Daniel, Religionen sind Menschenwerk, das mittlerweile überflüssig geworden ist - vielleicht immer überflüssig war - entstanden aus der Frage des Denkenden nach dem, aus dem es erdacht, aus dem es geworden. - Doch im Bedauern um die eigene Unvollkommenheit hat sich der Mensch seine Götter geschaffen, vorzugsweise nach des Menschen Ebenbild, aber dennoch versehen mit all den Eigenschaften, die er selbst an sich vermißt: Allmacht, Allwissen, wcisc Gerechtigkeit, verzeihende, gütige

Liebe, aber auch gnadenlose, strafende Macht. In scheinbarer Bescheidenheit degradierte sich der Mensch damit zum Zweitbesten, erhob sich aber zugleich zum Ersten unter all dem anderen Leben; als Krone einer Schöpfung tat er seitdem alles, was *er* für richtig hielt und sanktionierte es durch den angeblichen Willen seines Gottes. Wenn sich ihm irgend etwas oder irgend jemand in den Weg stellte, berief er sich stets auf seine Götter und schlug den Widerstand nieder."

Malkos sah Daniel herausfordernd an: „Verstehst du mich nun? Dreh' die sogenannte Schöpfungsgeschichte nur um, und du wirst erkennen, wie Religion zur Rechtfertigung auch für Mord und Totschlag werden kann und oft genug wurde. Die Götter, diese armen, stummen Kreaturen, konnten nie anders als zustimmen, da sie immer Menschenwerk waren. - Und es versteht sich von selbst, daß sich die Götter auch nur über ihre Schöpfer verständlich machen: Konzilien von Kardinälen, Bischöfen, Mullahs, Lutheranern, Sekten und allen sonstigen religiösen Eiferern bestimmen tagtäglich rund um diese Erde nach ihrem Gutdünken den Willen der Götter, berufen sich bestenfalls auf Schriften, die ihre Urväter aus dem selben Denken heraus selbst verfaßt haben, und legen sich den vermeintlich göttlichen Willen so zurecht, wie es für ihre Macht und der ihnen verbündeten Weltlichkeit opportun erscheint. - Und der einfache Gläubige? Aus der Unfähigkeit, das eigene Sein zu begreifen, akzeptiert er eine transzendente Welt, huldigt unter dem Dach von Institutionen seinem Gott und wälzt doch an ihn alle Verantwortung ab, indem er ihn für alles Gelingen und alles Mißlingen verantwortlich zu machen versucht."

Der Alte schwieg erschöpft. Fasziniert von den Überlegungen und Schlußfolgerungen konnte Daniel doch den Eindruck nicht loswerden, daß sie von Verbitterung diktiert waren, für die er noch keine Erklärung fand. Daniel spürte, wie ihn die Gedanken des Alten loslösten von alten Denkschemata, ihn aufforderten, alles - das Leben, sich selbst - von Grund auf in Frage zu stellen. Und dennoch: Widerstände türmten sich zugleich in ihm auf, alles so hinzunehmen, wie es der Alte sagte. Jetzt, wo er ihn in das Thema gezwungen hatte, spürte er Lust auf Widerspruch.

„Malkos, du zeichnest manchmal ein Bild, wie es der heutigen Wirklichkeit nicht mehr entspricht. Das philosophische und wissenschaftliche Denken, die Politik, selbst die Menschen, das Volk, alle haben sich doch längst von dem Diktat der Kirche gelöst und gehen ihre eigenen Wege. Mir kommt es manchmal vor, als ob du ..."

Malkos unterbrach Daniel nur mit einem heftigen, beinahe verstörten Blick. Aber dieser Blick verriet für einen Augenblick Unsicherheit, als würde er rausgerissen aus seinem Denken, aus seiner Zeit. Doch dann fing er sich wieder.

„Was heißt heute oder gestern? Was heißt Zeit überhaupt? Erlaube einem Kind das Falsche oder verbiete ihm das Richtige, und du verdirbst es für ein Leben. Ist deshalb für uns weniger wichtig was gestern geschah als vermeintliche Freiheit von heute? - Nun, ich kann dir verraten, daß mich die christliche Religion einmal besonders beschäftigt hat. Komm mit mir, ich möchte dir etwas zeigen."

Mit diesen Worten stand der Alte auf und schlürfte zwischen den beiden Klostergebäuden nach vorn, dorthin wo der Weg zur Bucht abfiel. Seine müden Schritte hinterließen lange Spuren im heißen Staub, der in kleinen Wolken aufwirbelte und sich nur langsam wieder verzog. Hier, unter dem großen Torbogenfenster des auf den Hang hinausragenden Gebäudes, stand auch eine Bank; davor trugen vier Holzpflöcke einen kleinen verwitterten Mühlstein als Tischplatte. Malkos bedeutete Daniel mit einer Handbewegung, sich wieder neben ihn zu setzen. Für einen Augenblick schien er sich besinnen zu müssen, was er seinem Zuhörer zeigen wollte, als wäre ihm entfallen, warum sie den Platz gewechselt hatten. Doch dann streckte er den Arm aus und fragte:

„Weißt du, was das ist, das da am Rand des Weges steht, den du gekommen bist?"

Daniel folgte mit den Blicken der weisenden Hand: Malkos meinte offenbar das große Holzkreuz, das sich über das Buschwerk erhob und sich von hier oben gegen das tiefe Blau des Meeres markant abzeichnete.

„Du meinst das Kreuz?"

„Es ist ein Galgen!"

Die Antwort wirkte hart, korrigierend. Malkos sprach jetzt noch langsamer und unterbrach sich häufig. Was er in die Pausen hineinschwieg, blieb Daniel verborgen. „Es ist der Galgen, von dem die Christen glauben, daß an ihm ihr Gott zu Tode gekommen sei. ... Was aber kann man von einer Religion erwarten, Daniel, die das Instrument, das ihren Gott ermordet hat, zum Wahrzeichen erhebt? Der Galgen ist ein Symbol des Todes, und mit diesem Symbol sind die Christen über die Welt gezogen und haben vernichtet. - Zuerst andere Kulturen und andere Völker, und heutzutage sind vorwiegend ihre Kulturen dabei, die Erde zu zerstören. Und warum? Christliches Denken hat nie gelernt, das Diesseits zu schätzen, den Menschen als gleiches unter gleichen Leben zu verstehen. Das hieße auch und ganz besonders heute, das Zuviel der Menschen zu vermeiden, aus Verantwortung gegenüber der eigenen Gattung genauso wie gegenüber all dem anderen Leben. ... Jeder kennt das Kreuz, dieses Wahrzeichen und Symbol, aber niemand *erkennt* es. ... Es bringt Tod. ... *Allá máchairan* ... ‚Wähnet nicht, daß ich gekommen sei, Frieden zu bringen auf die Erde. Ich bin nicht gekommen, Frieden zu bringen, sondern das Schwert'.“

Die stille, gleichmäßige Art, in der Malkos sprach, machte den Haß und die Verachtung seiner Worte nur lauter; ein leichtes Beben in der Stimme verriet, wie aufgewühlt er war.

Das Kreuz ein Galgen - natürlich, er hatte recht. Daniel hatte nur nie darüber nachgedacht, weil es als

Symbol so selbstverständlich geworden war. Da kicherte der Alte mit einem Male in sich hinein, sah Daniel verschmitzt von unten an:

„Es ist sehr zweifelhaft, ob das Kreuz als der römische Galgen auch in Israel Verwendung fand, selbst bei einer Verurteilung durch einen römischen Prokurator." - Wichtigtuerisch hob er die Augenbrauen - „Ebenso möglich ist, daß Jesus durch den Strick hingerichtet wurde. Wie würde es wohl in diesem Fall in den christlichen Gotteshäusern aussehen?"

Daniel stockte der Atem.

„Doch, doch! Jeder Windzug durch eine sich öffnende Kirchenpforte würde den Gottessohn gemächlich baumeln lassen. Geradezu unerschöpflich wären die Deutungsmöglichkeiten für wundergläubige Christenweiblein. Auch wäre der Strick eine viel lohnendere Arbeit für die Goldschmiede der christlichen Welt, die nicht nur simple Kreuze zu stanzen und zu verzieren hätten, sondern Filigrankunst höchster Präzision schaffen könnten." Noch einml kicherte der Alte boshaft.

Die Vorstellung war zu makaber, als daß Daniel hätte antworten können. Aber war es das Kreuz nicht auch? Mußten die Anhänger anderer Religionen nicht auch so über das Kreuz denken? Und als ob Malkos Daniels Gedanken erraten hätte, knüpfte er an:

„Keine Religion hat die Begriffe Liebe und Tod einander so nahe gebracht wie das Christentum. Es entspricht mit seiner Lehre der Schizophrenie des

Menschen, der die Bereitschaft zu Liebe und Mord in sich vereint wie kein anderes Lebewesen auf dieser Erde. Vielleicht war das Christentum und die von ihm geprägten Kulturen deshalb so erfolgreich ...? Aber kann man mit einem Symbol des Todes in der Hand Liebe lehren?... Mit diesem Widerspruch ist das Christentum nie fertig geworden. Seine Anhänger haben stets ebenso gerne getötet wie sie Liebe gepredigt haben - Weißt du, Daniel ...", sagte Malkos sehr langsam, sehr nachdenklich, „ich habe vor langer Zeit einmal fünfzehn Schriften gegen das Christentum verfaßt. Ich habe darin versucht, den Nachweis zu erbringen, daß der Glaube an einen Schöpfer unsinnig ist, ebenso wie die Vorstellung, daß Jesus der Sohn eines Gottes ist. - Doch die Kirche hat meine Schriften alle vernichtet."

Malkos Hände flatterten nach oben, blieben für einen Augenblick in der Luft hängen, unterstrichen, wie sich sein Werk in ein Nichts aufgelöst hatte.

Daniel war längst über ein naives Erstaunen hinaus. Doch könnte es wahr sein, daß die Kirche seine Schriften vernichtet haben soll? So etwas hat es, wie man weiß, früher gegeben, aber doch heute nicht mehr! Malkos lächelte, als er Daniels Zweifel sah, und sagte nur:

„Du kannst es mir ruhig glauben. Ich habe argumentiert und gemahnt mit meinen Büchern, weil ich die Gefahr zu erkennen glaubte, die ein aus dem Jenseits erwecktes Schuldbewußtsein, das nur in der Hinwendung zu diesem Jenseits seine Erlösung findet, für das Zusammenleben der Menschen im Diesseits bewirken kann ... Es verursachte von Anbeginn an Unfrieden, Chaos, Zerstörung ...; es ist wider die kosmischen Gesetze, denen Schuld und Sühne fremd sein muß .... Das kosmische Gesetz kennt nur Metamorphose, Verwandlung, die sich dem Menschen als Werden und Vergehen darstellt. Der Gedanke aber, sich schon im Werden schuldhaft gemacht zu haben, ist absurd. Die Kirche sah die Gefahr, die in meiner Argumentation lag. Denn noch vortrefflicher als mit den grausamen Mitteln einer Diktatur können Menschen mit Schuldgefühlen manipuliert, geknechtet und gedemütigt werden. Die Sühne aber ist wie eine Droge, die dem Schuldbeladenen immer wieder in kleinen Mengen verabreicht wird, bis er süchtig wird. Wie jede Droge, verschafft sie nur kurzfristig Erleichterung; wer erst einmal am Schuldgefühl erkrankt ist, leidet am Leben mehr als am Tod."

Der Mann haßt, dachte Daniel. Und doch sind seine Argumente nicht von polemischer Oberflächlichkeit. Es sind faszinierende Schlußfolgerungen, denen er sich nicht zu entziehen vermochte. Doch waren diese Gedanken überhaupt für ihn bestimmt? Er sprach zu sich selbst, obwohl er seine Worte kennen mußte - er sprach an die Menschheit gerichtet, obwohl sie ihn nicht hören konnte. Was mußte in diesem Alten vorgehen, daß er sich mit derart schwerwiegenden Vorstellungen einem Fremden anvertraute, dem er zufällig begegnet war, von dem er nicht wissen konnte, ob er den Sinn seiner Worte richtig verstehen würde? Daniel fühlte sich wie eine Schale, in die das Gesagte tropfte - ohne Bewußtsein, ohne die Fähigkeit zu werten. Hätte er einen Gedanken Malkos herausgreifen sollen, um ihn mit seinen Worten zu kommentieren oder zu hinterfragen, alles hätte sich verflüchtigt wie Alkohol in der Luft. So aber machte es ihn trunken, vernebelte seinen Geist und schuf doch jene wunderbare schrankenlose Klarheit, wie sie der ersten leichten Trunkenheit eigen ist.

Aber was steckte hinter diesem Alten? War er tatsächlich der Fremde, vor dem der Fischer und auch das Mädchen in mystischer Furcht gewarnt hatten? Oder war er ein abtrünniger Mönch, vielleicht sogar von diesem Kloster? Fern der emanzipierten Welt hätten Anhänger der Kirche seine wahrlich ketzerischen Schriften möglicherweise auch heute noch vernichten und ihn mit dem Bann belegen können. Hatte die Kirche ihn sterben lassen und ihm mit der Zerstörung seiner Werke die Möglichkeit genommen, in seinen Schriften weiter zu leben wie andere Opponenten, die heute in den Flammen des Widerstandes aufblühten? Trotzdem ging von diesem Mann keine Resignation aus, sondern Einsicht in das Schicksalhafte, das sein Schicksal war - und nicht nur das seine; er machte es zum Martyrium der Menschheit, die unter ihren eigenen Widersprüchen zu leiden hatte.

„Weißt du, Daniel", fand der Alte den richtigen Augenblick, „die Idee des Opfertodes eines Heiligen Königs ist so neu nicht. Es hat sie schon lange vor dem Christentum gegeben. Nur, in all diesen frühen Mythen verschiedenster Kulturen ist immer von der kosmischen Göttin und dem ihr zugeordneten sterblichen König, Magier oder Schamanen die Rede. Im Tod des sterblichen Heiligen in seiner Nachfolge und auch in seiner Reinkarnation spiegelte sich der zyklische Ablauf der Natur im Werden und Vergehen wider. Deshalb wird von den Menschen in all diesen Mythen verlangt, daß sie in Übereinstimmung mit den Naturvorgängen leben und sterben. Und verantwortlich für diese Übereinstimmung war der Magier, der Medizinmann, der Schamane, der Heilige König. Von Sünde und Schuld ist in all diesen Mythen allerdings nie die Rede. Schon die Juden haben sich von dieser Vorstellung gelöst, aber erst die Christen haben, eingebettet in das patriarchalische Denken der Antike, ihren Magier selbst zum Gott erhoben und ihn dann für die Tilgung der Erbschuld - die letztlich aus der Angst vor der eigenen List geboren ist - sterben lassen. Voraussetzung dafür war aber, daß zunächst die kosmische Göttin, mit ihr die Frau und in ihr die Natur, gestürzt werden mußten. Begreifst du das verheerend Hintergründige?"

Daniel schwindelte vor der unerbittlichen Konsequenz in Malkos' Darlegungen. Ihn umgab die Aura eines Propheten, wie sie die vermeintlich gottesinspirierten Schriften der Juden und ihre Nachbesserungen der Christen und Muslime gern zeichnen: Bedürfnislos, einsam, der Welt abgewandt, verklärt, sich einzig dem abstrakten Gedanken verschrieben. Aber es waren schwere Gedanken, schwere Worte bei diesem Alten. Daniel spürte immer wieder, wie er sich zeitweise wehrte, doch das Gesagte ließ ihn nicht mehr los. Dabei war der Alte bestimmt kein Heiliger. Im religiösen Verständnis wäre er ein Trugbild des Teufels, das da neben ihm saß und schonungslos das brokatverzierte Violett, Gelb oder Grün der jüdischen Spurentreter mitsamt der Kippa herunterriß und durch den Dreck zog.

„Malkos ..., darf ich dich etwas fragen?"

Ein Lächeln.

„Zuerst hielt ich dich für einen Fischer oder Ziegenhirten. Doch dann, ... ich meine ... warst du Mönch? Warst du einer der Mönche, die hier gelebt haben?"

Malkos schmunzelte zuerst, dann lachte er sogar zum ersten Mal. „Nein, nein ... Ich muß dich enttäuschen. Mönch war ich noch nie", er lachte wieder, als sehe er in der Vermutung einen wunderbaren Scherz.

„Aber warum bist du hier? Was machst du auf Skantzoura?"

Der Alte ließ sich Zeit mit seiner Antwort, sagte dann fast vorsichtig: „Nenn mich Philosoph - denn Philosoph ist man immer, wenn man sich gedanklich mit dem Grundsätzlichen, mit der Seinsfrage des Menschen auseinandersetzt. Ich habe in meinem Leben auch Werke anderer Philosophen dokumentiert, interpretiert und kommentiert, aber meine wesentlich eigenen Schriften waren die gegen das Christentum - die Bücher, die heute nicht mehr existieren.

Meine eigentliche Arbeit ist vernichtet worden, weil die christliche Kirche neben sich nichts duldet, weder Kritik noch anderes Denken. Diese Institution", und dabei deutete er mit dem Daumen auf das Kloster hinter ihnen, „hat mein Lebenswerk zerstört."

Ganz leise, kaum hörbar, fügte er hinzu: „Eigentlich gibt es mich nicht mehr."

Vier

Das Wesen des geheimnisvollen Alten auf Skantzoura glich dem Meer, das die felsigen Küsten dieses
kleinen Eilands umspülte: Wenn er gemächlich erzählte, war sein Reden das Gekräusel, das der laue
Wind bewegt; wenn Verbitterung seine Stimme auf-
wühlte, glich es der sich wild auftürmenden, vom
Sturm gepeitschten See. Doch unter all dem war
Ruhe. Eine Ruhe, wie auf dem ewig stillen Grund der
Meere - Bewegung, sanfte wie tobende, herrschte nur
an der Oberfläche. Weder war Rebellion in seinem
Reden noch Resignation in seinem Schweigen. Wie
er jetzt abwesend da saß, in seine Gedanken versun-
ken, schien er in sich ausgeglichen, wurzelten seine
Erkenntnisse tief wie die im Felsgrund Halt suchende
Pinie, war er Rezitierender eines Wissens, das auch
ohne ihn existierte, das zu ergründen und zu formu-
lieren ein Menschenleben nicht ausreichte. Ein Flui-
dum des Zeitlosen ging von diesem Manne aus.

Malkos schien Daniel vergessen zu haben. Beide
Arme auf den Mühlstein gelegt, die noch immer frische Rosenblüte in die Hände gebettet, starrte er in
eine Weite, die jenseits des Horizonts lag. Sein Ge-

sicht glich verwittertem Holz, das die Ringe der Jahre nicht mehr preisgab; der Körper war gebeugt, aber nicht ermüdet, seine Hände drückten unendliche Sanftheit aus. Was für ein Leben lag hinter diesem Mann, der sich der Vernichtung seiner kritischen Schriften nicht hatte erwehren können? In der Glut der Mittagshitze hatte er vor dem Fremden sein Denken ausgebreitet, hatte mit schneidend klaren Worten seine Kritik formuliert und aus dem Gefängnis des Schweigens befreit. Seine letzten Worte lasteten bleiern, wie die Hitze des Mittags, auf Daniels Denken - unauslöschbar und klar: „Eigentlich gibt es mich nicht mehr."

Mit einer kaum wahrnehmbaren Bewegung fand Malkos aus der Erstarrung in die Gegenwart zurück. Er hielt Daniel lächelnd die Rose entgegen, unbekümmert, als wenn nichts Schwerwiegendes ihn beschäftigt hätte.

„Dieser Rose gilt nun mein ganzes Denken, meine ganze Kraft."

„Züchtest du etwa Rosen?"

„Nein, nein", wehrte er ab, „es geht mir nur um diesen Rosenstock. In ihm spiegelt sich die Welt, ist alles vereint, fließt zusammen, was an Philosophien und Religionen erdacht ist." Liebevoll betrachtete er die Blüte in seinen Händen.

„Gefällt sie dir?" - und ohne zu warten, welch unbedeutendes Lob Daniel hätte antworten können, setzte er sich etwas aufrechter, hob die Rose hoch und erklärte mit dem Ausdruck des Sachkundigen:

94

„Es ist eine Damaszener Rose, sie trägt den Namen der griechischen Königin Leda, Gemahlin des spartanischen Königs Tyndareus, von dem nach dem Mythos allerdings nur zwei ihrer vier Kinder stammen, nämlich Kastor und Klytämnestra. Die anderen beiden, Helena und Polydeukes, gebar sie Zeus, der sich ihr in Schwanengestalt näherte. Erinnerst du dich an die Sage? Helena hat wegen ihrer Schönheit die Phantasien unzähliger Künstler angeregt."

„Da diese Rose nach Helenas Mutter benannt ist, muß wohl auch sie schön gewesen sein."

„Mag sein", schmunzelte der Alte. Langsam senkte er den ausgestreckten Arm, bis die Hand wieder Ruhe auf dem Mühlstein fand und fuhr dann in seiner gedämpften, zuweilen etwas brüchigen Stimme fort:

„Kannst du dir vorstellen, daß diese weiße Rose dunkelrote Knospen hat? Das macht sie unverwechselbar. Sie hat karminrote Knospen, die wie leuchtende Rubine im flammenden Grün ihrer Knospenblätter gefaßt sind. Erst wenn die Blüte sich entfaltet, ändert sie ihre Farbe; dann kommt diese herrlich weiße Pracht zum Vorschein. Nur den äußersten Rändern der Blütenblätter läßt sie noch ein wenig Rot, als wollte sie sich ihrer ersten Jugend erinnern."

„Sie ist wunderschön. Ich habe sie schon die ganze Zeit bewundert. Aber kannst du mir sagen, wie du diese Blüte so frisch und, ich möchte fast sagen unversehrt, nach Skantzoura gebracht hast? Du bist mit einem Boot hier, nicht wahr?"

Malkos lachte nur kurz auf und schien, wie schon so häufig, auf die Frage überhaupt nicht einzugehen. Beschwingt und fröhlich begann er zu erzählen; nichts war mehr von dem schwermütigen, kritischen Alten zu spüren:

„Die Rose ist es gewohnt, zu wandern. Sie wurde schon immer von Land zu Land und von Kontinent zu Kontinent getragen. Sie hat den Menschen von Anbeginn begleitet, sie ist Teil seines Schicksals. Ihre Farbenpracht und ihr Duft haben die Kulturen aller Zeiten betört. Und doch war sie niemals nur Schmuck, war nicht nur dazu da, durch ihre Schönheit zu erfreuen, Gärten zu zieren oder Häupter zu krönen. Sie war stets auch Sinnbild, war den Menschen Symbol für Worte, Gesten oder Handlungen. In ihr drückte sich schon immer Liebe und Freude, Trauer und Schmerz aus. ... Der Gegensatz zwischen der strahlenden Schönheit der Blüte und den wehrhaften, Schmerz verursachenden Dornen hat die Menschen fasziniert, ihnen einen Spiegel vorgehalten. - Erinnerst du dich, was ich dir vorhin sagte, Daniel?... Die Fähigkeit zu lieben und der Drang zu töten sind die Gegensätze in der Seele des Menschen, die ihm eines Tages zum Verhängnis werden. Die Rosenblüte symbolisiert die Liebe, die Dornen den Tod. Und so spiegelt sich in der Anbetung der Rose dieser innere Kampf der Menschen wider."

Er hob mit einem bedeutungsvollen Lächeln fragend die Augenbrauen:

„Wenn du möchtest, Daniel, werde ich dir einiges

über die Rose erzählen. Sie hat eine faszinierende Geschichte ..."

Es war wie vorhin eher eine rhetorische Frage - für den Alten war Daniel das Medium, über das er die Welt und sich selbst mit seinen Gedanken und Geschichten zu erreichen suchte. Doch Daniel spürte, daß die Reden auch ganz direkt für sein Leben eine Bedeutung hatten, auch wenn er sie bisher noch nicht einordnen konnte. Und er ließ sich von Malkos Begeisterung mitreißen; er vergaß, wo sie waren, und daß unten am Meer Georgious wartete.

Eigentlich war er auf diese unbewohnte Insel gekommen, um sich von der geheimnisvollen Atmosphäre eines verlassenen Klosters einnehmen zu lassen, um einen unvergleichlichen Ausblick zu erleben und um den herben Reiz dieser Landschaft zu genießen. Oder waren es überhaupt diese konkreten Wünsche? Doch nun traf er diesen Alten, der ihn in Gedanken über Gott und die Welt einflocht und ihm auch noch die Geschichte einer Blume anbot, die hier auf dieser durstigen, in der Sommerhitze müde gewordenen Insel geradezu provozierend in ihrer frischen Schönheit wirkte.

„Warst du schon einmal auf Lesbos?" fragte der Alte in seine Gedanken hinein.

„Ich kenne die Insel. Fast alle Ägäisinseln habe ich bereist, weil ich für einen deutschen Verlag Fotos zu machen hatte. Auf Lesbos war ich bei den Kraterseen aus vulkanischer Zeit, ich habe den versteinerten Wald gesehen, die Reste des römischen Aquädukts und ..." Daniel wollte weiter erzählen - von dem urwüchsigen Bergdorf Agiassos an den Hängen des Olimbos, was er sonst von Lesbos wußte oder kannte, doch da bemerkte er das abwesende Lächeln des Alten. Es schien ihn nicht zu interessieren, was Daniel an dieser Insel sehenswert fand. Er war mit seinen Gedanken in einer anderen Welt. Daniel unterbrach sich, als er merkte, daß er keinen Zuhörer mehr hatte. Und als ob Malkos zu sich selbst spräche, begann er leise:

„Begleite mich, Daniel - nach Mytilene. Ich möchte mit dir die griechische Dichterin Sappho besuchen, die in dieser Stadt vor zweitausendsechshundert Jahren gelebt hat. In ihrer Lyrik ist die Rose zum ersten Mal als die Königin der Blumen besungen worden ..."

Und der Alte nahm Daniel auf eine Reise mit, in der Zeit und Raum ihre Grenzen verloren, Vergangenheit und Gegenwart miteinander verschmolzen und die Schicksale der Menschen eins mit dem Atemzug der Unendlichkeit wurden. Eine Reise, die zu fremden Kulturen, in fremde Länder führte. Nichts weiter als eine zarte Blume spann den Faden durch die wunderbare Erzählung.

Der Alte deutete in Richtung Osten, dorthin, wo am Morgen die Sonne sich blutrot aus dem Meer erhob; und Daniel war es, als ob er mit dieser Armbewegung über die Weite des Wassers schwebte, sich abhob von aller Erdgebundenheit, getragen von den ausholenden Schwingen der Worte, die schwebend durch die Sphären der Phantasie glitten. Sie erreichten Lesbos.

Das gegenüberliegende Festland war nicht die Türkei - Thrakier besiedelten diesen Landstrich, den sie Mysien nannten. Mytilene war eine staubige, aber von buntem Leben geprägte Stadt; ein typischer Hafenort, in dem Handel getrieben wurde, der sich zuweilen auch gegen kriegerische Einfälle zu schützen hatte, der zum Schmelztiegel von Rassen und Kulturen wurde. Staunend hastete Daniel durch das ihm fremde Leben dem Alten hinterher, der sich mit schnellem Schritt anschickte, die Stadt zu verlassen, an Lastkarren, Eseln und Menschen vorbei, die, in bunte Gewänder gehüllt, gestikulierend, lachend, oder auch emsig stumm ihrem Tagwerk nachgingen.

Einen Karren zu heuern, wäre sinnlos gewesen. Sappho bewohnte ein prachtvolles, großes Haus am Rande der Stadt, denn sie gehörte einer vornehmen Adelsschicht an, die es sich leisten konnte, dem Trubel des Hafens zu entfliehen. Allerdings, so erklärte Malkos, habe sich die Dichterin vom ausschweifenden Luxus ihres Elternhauses getrennt und führe nun ein vergleichsweise einfaches Leben.

Kaum hatten sie Staub und Lärm hinter sich gelassen, da hob sich ein Haus, dicht umringt von schlanken Zypressen, aus dem karstig gelben Einerlei der Umgebung ab. Als sie näherkamen, bemerkte Daniel, daß es in ein Blumenparadies hineingezaubert war, wie er es vorher noch nie gesehen hatte. Üppige, terrassenförmig angelegte Beete, rosenverhangene

Laubengänge und kleine Pavillons, die über gewundene Wege miteinander verbunden waren, machten es zuweilen schwer, aus der wogenden Pracht auch das Blau des Himmels zu erkennen.

Ein thrakischer Kaufmann soll es gewesen sein, der Sappho von der Schönheit einer dornenreichen Blume pries, deren Pracht er in den fernen Ländern der Perser bewundern konnte. Trotz seines langen und beschwerlichen Weges war es ihm gelungen, einige Sträucher wohlbehalten nach Lesbos zu bringen und sie Sappho als Geschenk zu überreichen - wohl wissend, was er einer treuen und verwöhnten Kundin schuldig war.

Ein verständiger Gärtner, der schon seit Jahren der Dichterin Liebe für Blumen umzusetzen wußte, erkannte das Besondere dieser neuen Blüte und fügte sie geschickt in den Garten ein. Unter seinem zerzausten grauen Vollbart war ein stolzes und dankbares Lächeln zu entdecken, als er die Weitgereisten durch das von ihm geschaffene Paradies zur Herrin des Hauses führte und Malkos kundig seine Arbeit lobte.

Sie fanden Sappho in einem kleinen Pavillon im Kreise junger Mädchen. Als sie Malkos und seinen Begleiter wahrnahm, lächelte sie ihnen wie guten Bekannten zu; geschmeidig erhob sie sich, um die Gäste zu begrüßen. Ihr langes, weißes Gewand, das um die Schultern mit einer großen goldenen Fibel gehalten wurde, und um die Taille von einer kunstvoll aus Gold- und Purpurfäden gewirkten Kordel, umfloß ihre schlanke Gestalt; das lange kastanienrote Haar fiel ihr aus einem lose geschlungenen Knoten über den Rücken. Sappho war nicht sehr groß, aber ihre aufrechte Haltung, die ihre grazile Figur betonte, leuchtend grüne Augen, eine gerade, schlanke Nase und ein sinnlich geschwungener Mund, machten sie zu einer ebenso bezaubernden wie imposanten Erscheinung. Daniel war hingerissen von der betörend schönen Dichterin.

Mit einer Handbewegung bat sie die beiden Männer, Platz zu nehmen. Ein paar Mädchen huschten beiseite und zeigten scheu verlegene Neugier. Sappho erzählte, es seien Töchter ihr bekannter Familien, die sie für einige Zeit zu sich eingeladen habe, um sie vor deren Hochzeit in die königlich erhabene Welt der Lyrik einzuführen. Nachdem den Gästen gekühlte Fruchtsäfte in silbernen Bechern gereicht worden waren, dazu Schalen mit Mandeln, Nüssen, Datteln und Feigen, forderte die Dichterin ihre Schülerinnen auf, Verse zu zitieren, die sie selbst verfaßt hatte: Hymnen, Hochzeitslieder und zarte Liebeslyrik voll verhaltener Leidenschaft. Verschwenderisch eingewoben in diese Gedichte waren Körbe voller Blumen, deren göttliche Herkunft die Dichterin besang - unter allen am meisten gepriesen die Rose. In ihr erkannte Sappho Aphrodites, und damit ihres eigenen Geschlechts schönstes Ebenbild, und erkor sie zur Königin der Blumen.

„Wenn ich in meinen Gedichten vor allem das weibliche Dasein ausschmücke", erklärte sie den

Männern lächelnd, „so liegt dies an meiner Hingabe zu Aphrodite als der wahren Göttin."

Tatsächlich, so schien es Daniel, verschmolzen Blume und Weiblichkeit zu höchster dichterischer Vollendung in diesen Versen. In einem Poem verglich Sappho ein schutzlos dahingegebenes Mädchen mit der Hyazinthe, die im Gebirg der Hirte zur Erde tritt; in einem anderen die blühende Jungfrau mit dem geröteten Süßapfel an der Spitze des Astes - unerreichbar für den Sammler zarter Früchte. Wer hätte besser diese Verse vortragen können als diese Mädchen, die selbst den jungen Liebreiz knospender Blumen ausstrahlten?

„Seht ihr die Blumenkränze auf den Locken der Mädchen?" Sappho deutete auf die jungen Geschöpfe, die ein wenig eitel ihre Köpfe neigten und drehten. „Blumen sollten der einzige Schmuck dieser Mädchen sein - den Göttern zum Wohlgefallen; wie kleinlich dagegen eitles Geschmeide, schnöder Schmuck äußeren süßen Daseins. Die Seele einer Frau, die von keinem höheren Streben erhoben, ohne Anteil an den Rosen aus Pierien ist, wird in den dunklen Schatten lautlos und vergessen dahinflattern."

Nachdem jedes der Mädchen mit einem Vers die Anerkennung der Gäste geweckt hatte, war es Sappho selbst, die erzählte, denn sie wußte, warum die Männer hier waren, wußte, daß Malkos seinen Freund aus ferner Zeit die Geschichte der Rose so nahebringen wollte, daß er sie nicht nur mit seinem

Verstand aufnahm, sondern mit ganzer Seele durchlebte.

„Schon Homer", begann die Dichterin, „war von der Rose verzückt. Er besang die schöne Helena als rosenwangig und ließ die Göttin der Morgenröte rosenfingrig aus dem Dunkel der Nacht emporsteigen. Aber Jahrhunderte, nein, Jahrtausende müssen wir zurückschreiten, um die Anfänge zu entdecken, müssen das Meer überqueren, dem Sonnenaufgang entgegenwandern ..."

Und so schlossen sie sich Sapphos Erzählung an, erlebten die Entbehrungen der heimwärts ziehenden Heerscharen König Sargon I., die durch weglose bewaldete Schluchten und über verkarstete Höhenzüge unterhalb der kalkig weißen Gipfel des Taurus mit einer wertvollen Beute im Gepäck zogen. An den Südhängen des Kaukasus hatte sich der sumerische König von blumengeschmückten Gärten verzaubern lassen und in der Fülle der Blumenpracht eine Blüte entdeckt, mit der er künftig die Gärten seiner Tempelpaläste von Uruk, Kisch und Ur schmücken wollte. Schwere Tongefäße, angefüllt mit feuchter Erde, bargen die Stauden der einzigartigen Blume und wurden auf dem Rücken der Lasttiere auf dem beschwerlichen Weg über die Höhenzüge des Taurus in die Ebenen des Dreistromlandes getragen. Und weiter führte Sappho ihre Begleiter durch die Zeit: Sie waren zu Gast bei der assyrischen Königin Semiramis. Ihr prachtvoller Palast in Babylon war umgeben von terrassenförmig angelegten Gärten, in denen Rosen über Stufen und gemauerte Bögen rankten und alles in eine fließende und wogende Blütenpracht verwandelten - als Wunder der hängenden Gärten Babyloniens sollte es der Welt in Erinnerung bleiben. Sie machten sich weiter auf den Weg in das Land der Meder und Perser, von denen Sappho erzählte, daß sie der Rose heilige Symbolkraft zusprachen. Sie genossen die Annehmlichkeiten bei Hofe in Susa und Persepolis, wo sie immer wieder mit Rosen bepflanzte Inseln und Tröge zwischen den Säulenhallen der Paläste entdeckten; saßen an der Tafel von Darius I., wo zwischen üppig dekorierten Speisen große Gold- und Silberschalen, aufgefüllt mit herrlichsten Rosenblüten, die Sinne berauschten.

Doch all bisher Gesehenes wurde übertroffen von der Üppigkeit der Rosengärten von Teheran und Shiraz, in denen mehr als anderswo deutlich wurde, daß die Perser die Rose zu ihrer Lieblingsblume erkoren hatten. Rosenteppiche wurden den Herrschern vor die Füße geworfen, die Kleider ertranken im Duft der Wässerchen, die aus Milliarden von Blättern gepreßt wurden, Tee aus Rosenblättern wurde zelebriert, und heilende Arzneien, die dieser Wunderblume entlockt wurden, versprachen Linderung für alle, die glaubten. Später waren es dann die handels- und reiselustigen Phönizier, die selbst im Schatten ihrer gewaltigen Zedern wundervolle Rosengärten anlegten und diese Blume nach Kreta, dem Volk der Minoer, brachten.

Während Sappho bisher die Rose und die Verehrung, die ihr entgegengebracht wurde, in den Vordergrund dieser Reise durch die Zeit gerückt hatte, schien es Daniel nun, als wäre es das Volk von Kreta, dem die Bewunderung galt. Sappho ließ sie erleben, wie sehr diese Menschen ihr Land liebten, das sie als einzige als Mutterland bezeichneten. Als oberste Gottheit verehrten sie die Göttin Rhea, der nur die Frauen den religiösen Dienst erweisen durften; als männliche Begleitung ließ die Göttin nur Heros, den Gefährten, den Geliebten, zu. In seiner Rolle spiegelte sich der Rang des Mannes in der kretischen Gesellschaft wider.

„Sie haben Rhea die Rose geweiht", zeigte Sappho den Faden ihrer Reiseroute auf. Wunderbare Rosen-Fresken schmückten den Palast von Knossos. Dieses Volk hat das weiblich naturverbundene Denken verinnerlicht und trachtete nie danach, in kriegerischen Raubzügen die Welt zu erobern; es hat die Kunst um ihrer selbst willen geliebt und gepflegt und nicht, um damit eitlen Reichtum und Macht zu demonstrieren. Welche Blume hätte besser zu diesem friedlichen, dem Leben zugetanen und in seinem Wesen künstlerischen Volk gepaßt als die Rose?"

Sappho beschloß ihren Streifzug durch die Geschichte der Rose mit dem Gedanken, daß all die Liebe und Verehrung, die der Rose von den Menschen verschiedenster Kulturen und Zeiten entgegengebracht wurde, sie emporschweben ließ, den Göttern zum Geschenk. Und keine Geringere als Aphrodite, Tochter des Zeus und Göttin der sinnli-

chen Liebe und Schönheit, habe die Rose zu ihrer
Blume erkoren, so für ewig die Verbindung zwischen
dieser Blume und der Liebe geschaffen und damit
dieses Kleinod auch den Künstlern, vor allem den
Dichtern der Liebeslyrik überantwortet. Glück und
Verzückung spiegelten sich in Sapphos Augen, als sie
damit ihre eigene Hingabe für die Göttin, die Rose
und die Liebe in Worte faßte.

Die Sonne warf bereits länger werdende Schatten
durch den Rosengarten, den Gästen wurde noch einmal klares Quellwasser zur Erfrischung gereicht,
dann bedankten sie sich bei Sappho und den
Mädchen und verließen das blumengeschmückte Paradies auf Lesbos.

Malkos wartete lächelnd, bis Daniel begriff, daß
sie wieder auf Skantzoura waren. Sie saßen wieder
auf der Bank, vor ihnen der Tisch mit dem Mühlstein
und hinter ihnen das Kloster. Die grünen Wogen der
abfallenden Hänge unter ihnen trennten sich scharf
von der Weite der dunkelblauen Ägäis. Daniel
schaute sich noch immer verwirrt um; er hatte jeden
Zeitbegriff verloren.

„Sappho hat uns natürlich nicht alles erzählt, Daniel. Den Hellenen - so erzählt man sich - brachte eigentlich der Makedonier Alexander der Große die
Rose von seinen Feldzügen, die ihn durch das Reich
der Perser und damit durch das Reich der Rosen
führten. Die von Sappho so verehrte Rose verlor in
der Blütezeit der Griechen und Römer keineswegs

ihre Bedeutung. Aber Sappho hat eine tiefe Abneigung gegen das dionysisch-griechische und vor allem gegen das römische Denken - so hat sie mich gebeten, über diese Zeit nicht weiter berichten zu müssen. Laß es mich dir mit folgender Geschichte erzählen:

Das lykische Volk - es lebte in der Nachbarschaft der Thrakier gegenüber der Insel Rhodos - kannte einen Mythos, wonach Bellerophon, der Sohn des Poseidon, sie von allerlei Unbill befreite. Er verfolgte den räuberischen Amisodarus mit dem Pegasus und tötete den Wüterich, der mit seinen Schiffen die Lykier so bedrängt hatte, daß sie weder das Meer befahren noch ihre Städte an der Küste bewohnen konnten. Die Lykier versagten Bellerophon den verdienten Dank, weshalb dieser zu Poseidon betete, er möge dieses Land überschwemmen und mit dem Salz der Meere öde und unfruchtbar machen. Poseidon erhörte ihn. Es war ein schrecklicher Anblick, wie das aufgewühlte Meer Bellerophon folgte und über die Ebene brandete. Die Lykier konnten mit ihrer Bitte, dem Meer Einhalt zu gebieten, nichts ausrichten. Als aber ihre Weiber mit emporgerafften Gewändern Bellerophon entgegenkamen, wich dieser zurück und mit ihm auch das Meer. Begreifst du den Sinn, Daniel? Die Fruchtbarkeit des Weibes wird hier mit der Fruchtbarkeit der Erde gleichgestellt. Poseidon weicht dem Weibe; die männlich zeugende Kraft räumt der empfangenden, gebärenden das höhere Recht ein. Dieser Mythos gilt dem Volk der Lykier als Beginn eines natürlichen Mutterrechts, wie es auch bei den Ägyptern Gültigkeit besaß, bevor die Zeit der Pharaonen anbrach. Und auch dem kretischen Urvolk war das Weibliche die herrschende Kraft. In all diesen Kulturen benannten sich die Menschen nach der Mutter und nicht nach dem Vater, ging das Erbe an die Tochter und nicht an den Sohn. Das waren aber nur die Äußerlichkeiten. Das Wesentliche war nicht etwa, daß diese Völker von den Frauen beherrscht wurden, wie spätere Kulturen von den Männern, nein, in der Stellung der Frau wurde nur das unsterbliche Naturgesetz anerkannt, dem sich alles - auch der Mann - einzuordnen hatte. Erinnerst du dich, was ich dir über den in zahlreichen Mythen bekannten Opfertod eines Heiligen Königs sagte? Wie sich in diesem Tod das Werden und Vergehen der Natur spiegelt, über der die kosmische Göttin als Naturgesetz steht? Die Voranstellung eines unsterblichen Naturgesetzes war immer gleichbedeutend mit einer übergeordneten Wertschätzung und Anerkennung der Frau und des Mutterrechts. Das Ende dieser Epoche und die sich durchsetzende Vorherrschaft des kriegerischen, aggressiveren Mannes begann mit dem griechischen Denken, setzte sich mit der römischen Staatsauffassung fort und fand in den jüdischen, christlichen und später islamischen Religionsvorstellungen seine vergeistigte Entsprechung. Wie Sappho bin ich der Meinung, daß damit das traurigste Kapitel der Menschheitsgeschichte begann. - Aber laß uns zurückkehren zur Rose", sagte Malkos mit einer Handbewegung, als wollte er die Trauer über Geschehenes beiseite schieben.

„Aristoteles, Alexanders väterlicher Lehrer, nahm sich der Rose in besonderer Weise an, nicht nur, um seine Gärten mit dieser wunderschönen Blume zu bereichern, nein, er wollte mehr über diese und andere Blumen wissen, sie erforschen und ihr Geheimnis ergründen. Er hatte in Theophrastos einen gelehrigen Schüler, dem er diese Aufgabe übertrug." Und nun erzählte der Alte Daniel, wie anders als die Dichterin Sappho dieser griechische Philosoph die Rose geliebt hatte. Theophrastos stellte Untersuchungen darüber an, wie sich die Pflanzen untereinander vertrügen, welche Pflanzengemeinschaften am besten dem Gedeihen dienten, und katalogisierte seine Gedanken in einem umfassenden botanischen Werk, das voll philosophischer Hintergründigkeit war und später den Vorsokratikern wertvolles Gedankenmaterial lieferte.

„Die Rose", malte Malkos ihre Bedeutung aus, „verzierte und vergnügte das hellenische Reich. Aphrodite mußte die Blume mit Dionysos, dem Gott des Weines und der Fruchtbarkeit, teilen, denn wie du weißt, war den Griechen nicht nur jede Tugend, sondern auch jedes Laster einen Gott wert. Die Rose schmückte die Tempelgärten und die Feste zu Ehren Dionysos, dem die Hellenen mit Tragödien und Komödien huldigten, aber mindestens ebenso im kräftigen Zuspruch seines Weins."

Abwesend lächelnd spielte Malkos mit der Blüte

in seinen Händen, als hätten Erinnerungen sein Denken ergriffen.

„Wenn du möchtest, dann begleite mich jetzt nach Rom, denn in dieser Stadt wurde der Rosenkult der Griechen auf die Spitze getrieben. Sich das alte Rom ohne Rosen vorzustellen, ist beinahe unmöglich."

Malkos hatte den Zeitpunkt ihrer Ankunft in Rom gut gewählt: Der Herrscher war eben heimgekehrt und badete nun in einem Zeremoniell, das nichts anderes bezweckte, als den Verstand der Bürger im Jubel zu ertränken. Malkos Augen leuchteten. Die Stadt schien im Rausch zu kochen; Unmengen der herrlichen Blüten lagen auf den Straßen und Plätzen verstreut, bunt, wie nach dem festlichen Durchzug von tausend Bräuten. Eine verirrte Meeresbrise fegte sie ein kurzes Stück vor sich her, nahm sie in ihre Arme, zog sie im Sog eines Wirbels ein wenig nach oben, um sie gelangweilt wieder fallenzulassen, achtlos, wie Worte, die ihren Sinn verloren haben.

Malkos und Daniel schlenderten ziellos durch die Rosenpracht, in der die Menschen zur Nebensache wurden. Erst als sie sich dem großen Forum näherten, den Tempeln, die Macht aus Jahrhunderten demonstrierten, da kehrte es sich um, da konnten sie vor Menschen die Rosen nicht mehr entdecken, da schrien sich Tausende heiser und trampelten das Rot der Blüten in das Grau des Pflasters. Der Heimgekehrte - nannte er sich Diokletian? Malkos winkte die Frage ab; es gab ein Dutzend anderer, für die er

stehen konnte - ließ sich im Rund all der Säulenpalä-
ste und Triumphbögen im Siegesrausch von seiner
Stadt feiern. Hoch auf einem Podest, für jedermann
sichtbar, aber vor der gleißenden Sonne durch einen
Baldachin geschützt, stand er, mit Rosen bekränzt,
von Blüten umgeben, als seien sie vom Himmel gefallen. Doch die Verehrung kam von unten - von den
Menschen, die in ihrem Taumel mit ihrem Helden
sich selbst zu erhöhen suchten.

Zwei Schiffsladungen Rosen, so erzählte einer aus
der Menge, waren zusätzlich aus Ägypten eingetrof-
fen, um das Fest zu feiern, wie es sich für Rom ge-
ziemte. Dabei waren nur die Blüten, die von der
Reise müde geworden, für die Straße freigegeben
worden; die anderen dekorierten die Räume der
Paläste und der vornehmen Häuser. Auch hatte man
Blütenblätter gezupft, sie auf hauchdünne, goldge-
wirkte Schnüre gefädelt, um mit diesen zarten Kol-
liers die adeligen Frauen und Mädchen für den Herrscher zu schmücken. In den goldenen Weinkelchen
der abendlichen Gesellschaften schwammen Blütenblätter und verzückten mit dem letzten Schluck die
Gaumen der Feinschmecker. Den Zechern aus dem
Volk blieb nur die aus der Gosse geklaubte und ins
Haar gesteckte Blüte, doch feierten sie dadurch nicht
weniger glücklich.

Malkos schien sich in Rom auszukennen. Er führte
Daniel aus der lauten Menge in stillere Gassen, der
immer noch zum Forum eilenden Menge entgegen.
Mit jeder Hausecke, um die sie bogen, wurden die ei-

lenden Menschen weniger, verblaßte das an- und abschwellende Tosen der Begeisterung, wurde es stiller, bis sie nur noch ihre eigenen Tritte vernahmen.

Es war ein vornehmes Haus, vor dem sie stehen blieben, mit Stufen zu einer in Säulen gefaßten Tür. Langsam nahm Malkos die Stufen und klopfte um Einlaß. Eine dunkelhäutige Sklavin öffnete ihnen und führte sie durch einen kleinen Innenhof, in dem Wasser über eine kunstvoll gestaltete Rinne in ein Marmorbecken plätscherte, das die Form einer geöffneten Muschel hatte und umsäumt war von wunderschönen, dunkelrot blühenden Rosensträuchern.

Sie folgten der schönen Dienerin in einen der hinteren Räume, wo sie sich im Halbdunkel erst zurecht finden mußten; es war angenehm kühl hier. Als sich Daniels Augen an das gedämpfte Licht gewöhnt hatten, entdeckte er die im offenen Kreis angeordneten Stufen, die zu den Wänden ringsum emporstiegen. Aus einer seitlichen Türöffnung trat ein Mann ein und entbot Malkos einen vertrauten Gruß. Das weite Tuch der Toga, das er mit dem linken Arm in der Taille zusammenhielt, war locker um die Schultern gelegt. Seine Statur war eher zierlich; das Gesicht hager, die Wangen eingefallen, sein Kopf fast kahl, nur ein Haarkranz fand einen schmalen Anschluß an einen Kinn- und Oberlippenbart, der ihm einen traurigen Zug verlieh; die Nase hatte einen schön geschwungenen Bogen. Seine Augen waren ernst und dennoch freundlich, als er Malkos begrüßte.

112

gestorbenen Gott und hatten zunächst mit sehr viel Widerstand und Verfolgung zu kämpfen, weil sie auf Erlösung im Jenseits hofften und das diesseitige Leben mit all seiner Ordnung ablehnten. Doch zunehmend stellten sie sich darauf ein, das Diesseits und den Staat zu akzeptieren, weil die Erlösung immer länger auf sich warten ließ. Die beiden Wanderer durch Zeit und Raum mußten mit ansehen, wie aus den Verfolgten die Verfolger wurden. Nicht, daß sie die Primitivität und Brutalität der Römer nachahmten und nun die der alten Götterwelt Zugetanen dem hoffnungslosen Kampf mit wilden Tieren ausgesetzt worden wären - nein, die Verfolgung vollzog sich auf geistigem Niveau, aber nicht weniger brutal: Das Denken und Philosophieren wurde untersagt und somit dem menschlichen Gehirn die Zukunft genommen. Und die Rose, die Königin der Blume, versank für Jahrhunderte in tiefe Dunkelheit, wurde als Symbol der Lustbarkeit und Zügellosigkeit verbannt, ihr Schmuck als Sünde gebrandmarkt; sie wurde als Inbegriff des Heidnischen verworfen. Die Rosengirlanden über den Gräbern verkamen zur dürren Krone des Todes auf dem Haupt des sterbenden Gottessohnes.

Malkos wurde immer zorniger, als er Daniel all dies erzählte, während sie durch die Straßen Roms zogen und er ihm den sich breit machenden Einfluß der neuen Sekte an immer neuen Beispielen aufzeigen konnte. Er verstand die aus ihren Fugen geratene Welt nicht mehr, die alles Gewohnte über Bord warf und sich kritiklos jedem Neuen hingab. Was ihn am meisten erzürnte, war die Tatsache, daß diese neue Religion glaubte, ohne das griechische Denken auszukommen, das in der Suche nach dem Sinn des Seins eine ständige Herausforderung für den menschlichen Geist sah, während die Anhänger des gestorbenen Gottessohnes absurde Gedankengebäude als absolute Wahrheit präsentierten, die ein weiteres Ergründen geradezu verboten.

„Aber du wirst sehen", wandte sich Malkos an seinen Begleiter, „so, wie sie vereinzelt doch schon wieder anfangen, Gedanken großer griechischer Philosophen herauszubrechen, um sie in die eigene Argumentation einzufügen, weil sie sich der gewaltigen Macht dieses Denkens nicht völlig verschließen können, so werden sie eines Tages auch wieder die Rose lieben und sie dann sogar zu ihrer Blume erheben."

Einstweilen tröstete sich Malkos damit, daß Rom, entgegen der damals herrschenden Annahme, nicht das Zentrum der Welt war. In den fernen Reichen der Perser und Ägypter wurde die Rose mehr denn je geliebt, längst waren dort Methoden entwickelt worden, um aus den Blütenblättern duftende und heilende Essenzen zu destillieren, und nach wie vor gab es keinen Garten um Tempel und Paläste, der nicht über und über mit Rosen geschmückt war.

„Und diese Länder", betonte er, „verfügten damals bereits über Kulturschätze, Bibliotheken und Bildungsstätten, die dem geistig verarmenden Rom weit überlegen waren. Für die nächsten Jahrhunderte

116

sollten *sie* und nicht das christlich-römische Reich Träger von Kultur und Wissen werden."

Es war wiederum nur ein Sprung über ein paar Jahrhunderte, und der Alte konnte Daniel die ersten Rosensträucher in kleinen Klostergärten zeigen, wo sie von Nonnen oder Mönchen liebevoll gehegt wurden. Mit der wieder aufkeimenden Verehrung für die Rose wurden auch allerlei Tugenden der heidnischen Göttinnen auf Maria übertragen, bis es so weit war, daß auch ihr die Rose geweiht werden konnte. Ein Kranz von Rosen wurde nun symbolisch in der wiederkehrenden Aneinanderreihung von Gebeten geflochten, die an den Perlen einer kleinen Kette abgezählt wurden. Nach und nach konnten Malkos und sein Begleiter auf ihrer Wanderung auch wieder die ersten Rosengärten in Königshäusern bewundern, nahmen sogar an Rosenfesten zu Ehren von Heiligen teil und bestaunten, wie ein höchster Vertreter der Kirche einen aus Rosen gewundenen Kranz dem tugendsamsten Mädchen auf das seidig glänzende Haar legte. Außerhalb der kirchlichen Feste war es stets das schönste Mädchen, das zur Maifeier den Kranz aus Rosen erhielt.

Und als Malkos es sogar ermöglichte, an den Hof von Karl dem Großen zu gelangen, und sie den Rosenschmuck erstmals in seinen Palastgärten wieder fanden, üppig und prunkvoll, hörten sie in den Gängen des Palastes auch das Gerücht, daß Karls enge Kontakte zu Harun Ar Raschid, dem abbasidischen Kalifen von Bagdad, zu seiner Verehrung der Rose beigetragen hatten. Das Leben dieses mächtigen Kalifen hat die Legende aus Tausendundeinernacht geschaffen, erklärte Malkos, und seine Paläste und Gärten ertranken geradezu in Rosen.

Fünf

Den weißen Blättern der Rose war ihre Kraft genommen; ermattet kräuselten sie sich und zogen mit ihrem Gewicht den Blütenkopf nach unten. Auch Daniel fühlte sich nach dieser zweiten Reise müde und schloß die Augen vor der Glut des Tages, wieder vor dem alten Kloster auf Skantzoura. Doch Malkos schien es nicht zu bemerken.

„Unsere Reise könnte noch lange weitergehen, Daniel", sagte er bedeutungsvoll. „Großartiges wurde geschaffen unter dem Benediktinermönch Albertus Magnus, der mit seinen Untersuchungen über die Rose ähnlich gewissenhaft war wie Theophrastus, der Schüler des Aristoteles. Erinnerst du dich?... Selbst unter den Kreuzfahrern gab es besonnene Streiter ohne das dümmlich-aggressive Rittergehabe, mit dem das Christentum dem damals noch toleranten muslimischen Denken begegnete. Kreuzritter entdeckten den Reiz der Rose und brachten sie aus Palästina und Damaskus nach Europa. Aber erst mit der Renaissance, der Wiederentdeckung der Antike, erinnerte man sich auch außerhalb der Klostermauern und Ritterburgen der Rose. Mit dem Rokoko hielt sie dann mit der Üppigkeit der damaligen Gartenkultur ihren wahren Einzug in das christliche Abendland. Doch damit verloren auch die Alten Rosenarten an Bedeutung. Rosen aus China betörten die Herzen der Züchter und schufen einen neuen Rosentyp. Meine Leda hier gehört noch zu den alten, ursprünglichen Rosen." Stolz lächelte Malkos auf die welke, doch immer noch schöne Blüte in seiner Hand hinunter.

„Malkos ..., du hast mich aus dieser Wirklichkeit in phantastische andere Welten geführt. Ich werde die Rose künftig mit ganz anderen Augen sehen. Aber, sag mir noch eins: Was hat dich dazu gebracht, dich derart intensiv mit dieser Blume und ihrer Wirkung auf die Menschen zu beschäftigen? Und ... hat es einen Grund, daß du mit dieser Blüte hier nach Skantzoura gekommen bist?"

Der Alte besann sich einen Augenblick, als müßte er sich zurechtlegen, was er Daniel antworten solle. Dann sah er ihn an und sagte nur ganz kurz und leise:

„Ich wohne hier, Daniel."

„Du ...? Du wohnst hier?" Daniel sah dem Alten geradewegs in die Augen, aber seine Verwunderung schien ihn nicht weiter zu berühren. Ein fast beängstigend abgeklärter Ausdruck lag nun in Malkos Blick. Er sah wieder vor sich auf den Mühlstein, nahm die ermattete Rosenblüte behutsam in die geöffnete Hand, so wie man einen Kranken vorsichtig zur Ruhe bettet.

Sollte Malkos also doch der Fremde sein, von dem

das Gerücht auf Alonnisos erzählte? Aber ein Mann wie Malkos konnte sich doch vor all den Fischern, die hier immer wieder herkamen, nicht verborgen halten. Warum hatten alle erzählt, die Insel sei unbewohnt? Wenn hier ein Einsiedler lebte, müßten die Fischer doch wenigstens darum wissen, wenn sie ihn nicht gar selber kannten. Warum aber dann dieses mystifizierende Gerücht um einen alten Mann? Daniel verstand das Ganze immer weniger.

„Du wohnst hier?" fragte er nach einigen Augenblicken noch einmal ungläubig und übersah dabei, daß der Alte ihm wieder einmal nur die Hälfte seiner Frage beantwortet hatte.

„In einer kleinen Hütte nicht weit von diesem Kloster." Malkos sagte das so beiläufig, als gäbe es überhaupt nichts Besonderes dabei.

Seitdem Daniel diesem Mann vor wenigen Stunden begegnet war, stellte der Alte seine eingefahrenen Denkschemata völlig auf den Kopf - nicht nur mit seiner Rosenphilosophie, mit diesen Wachträumen durch die Zeit, auch mit seiner schonungslosen Kritik an Religionen. Eigentlich schon durch seine bloße Anwesenheit. Aléxandros, Georgious, all die anderen im Dorf hatten Daniel gesagt, Skantzoura sei unbewohnt, und nun traf er hier diesen Denker - wie sonst sollte er ihn nennen? - in Gestalt eines einfachen Fischers oder Hirten, der so nebenbei erklärte, er wohne hier.

Wieder mußte Daniel an die Mönche denken - war er doch einer von ihnen? Ein Ketzer, der sich scheute, in das normale Leben zurückzukehren? Sie sahen wieder einander an. Die Augen des Alten waren freundlich, ja, in ihnen lag ein Lächeln, als genieße er jetzt das Erstaunen seines jungen Freundes. Daniel ließ nicht locker:

„Was machst du hier? Warum wohnst du hier? Mir wurde nämlich erzählt, die Insel sei unbewohnt."

Auch diese Frage blieb wie nie gestellt zwischen ihnen hängen; dafür nahm Malkos nun Daniels erste Frage auf:

„Mir ist es gelungen, trotz des für Rosen nicht gerade fruchtbaren Bodens und trotz der wenigen Regenfälle, die Skantzoura im Jahr erlebt, einen wunderschönen Rosenstrauch zu ziehen. Wie eine kleine fruchtbare Insel in einer toten Landschaft, so wächst dieser Rosenstrauch in einer ihm fremden und feindlichen Umgebung, umringt von hartlaubigem Gehölz und stacheligen Disteln, die dazu verdammt sind, die flimmernde Luft über heißem Geröll zu atmen. Doch er selbst schmückt sich mit dunkelgrünen, weichen Blättern und füllig weißen Blüten, die mit ihrem Duft und ihrer Pracht den Patio vor meiner Hütte zieren." Seine Augen strahlten.

„Aber warum?!" drängte Daniel, am Rande seiner Nerven. „Warum wohnst du hier? Warum beschäftigt dich dieser Rosenstrauch so sehr?"

„Der Strauch, von dem diese Blüte ist, birgt ein Geheimnis." Sein Blick war ernst. „Der Strauch birgt das Geheimnis unseres Seins - weit über das hinaus, was ich dir heute erzählt und gezeigt habe."

Daniel lehnte sich erschöpft zurück. Die Antwort machte ihn um nichts schlauer. Sie schien ihm auch zu gewollt, obwohl er ein Gefühl der Beklommenheit nicht loswerden konnte. Er sah keinen Sinn, entdeckte keinen Zusammenhang, Malkos Hintergründigkeit machte ihn nervös. Der wendete die herabhängende Blüte liebevoll in der Hand, so daß beide sie wieder sehen konnten. Im matten Glanz morbider Schönheit symbolisierte sie nun das unwiederbringlich Vergängliche, den Tod als selbstverständliches Gesetz der Natur, der nur uns Menschen mit Trauer und Schmerz erfüllt.

„Wenn du möchtest", sagte der Alte, „dann werde ich dir ein anderes Mal meinen Rosenstock zeigen."

Daniel horchte erregt auf und nickte nur stumm. Das bedeutete, daß er auch die Hütte sehen würde, von der er sprach, und die sich Daniel hier so gar nicht vorstellen konnte.

„Ich werde dir dann auch das Geheimnis anvertrauen", fuhr der Alte fort. „Es ist mir wichtig, daß du es kennst."

Daniel spürte, wie Unbehagen seine Neugier dämpfte, weil er nicht wußte, was Malkos mit all den Andeutungen meinte, mit denen er die dahinter verborgene Wahrheit nur kostbarer machte. In einem jedenfalls war er sicher: Er wollte Malkos so bald wie möglich wiedersehen.

„Georgious wird dich erwarten, du solltest jetzt gehen", mahnte Malkos unvermittelt und bedeutete damit, daß er ihr Gespräch als beendet ansah.

„Du hast recht. *Sto kaló*, Malkos, mach's gut." Daniel wollte noch einen Dank für die Erzählungen hinterher setzen, verschluckte es aber, weil es ihm mit einem Male überflüssig erschien. Der Alte hob nur die Hand, als wollte er zum Abschied winken; dabei fiel die Rosenblüte achtlos zu Boden.

Mit den letzten Worten hatte Malkos seiner Erzählung jede Fröhlichkeit genommen. Das Geheimnis um seinem Rosenstock drückte auf sonderbare Weise die Stimmung. Mit schnellen Schritten ging Daniel den Weg hinunter, drehte sich noch einmal um, als er das große, am Wegrand stehende Holzkreuz erreichte, aber Malkos war schon verschwunden. Sie hatten nicht mehr darüber gesprochen, wann und wo sie sich wiedersehen würden, doch Daniel tröstete sich damit, daß Skantzoura so groß nicht war und der Alte seine Ankunft mit dem Schiff sehen würde; vielleicht brauchte er dann nur am Kloster auf ihn zu warten. Mit dieser Hoffnung tauchte er ein in den Halbschatten der Bäume und Sträucher, stolperte über Steine abwärts, nahm nichts mehr von dem Weg und der Umgebung wahr, sondern war mit seinen Gedanken nur bei dem Erlebten.

Als er das Meer erreichte, sah er, daß Georgious mit seiner Arbeit schon fertig war. Das *kaíki* lag bewegungslos im ruhigen Wasser der Bucht wie eine Perle in einer geöffneten Muschel. Der weiße Rumpf war mit feinen roten, blauen und gelben Zierlinien unterbrochen; das Kajüthaus in jenem leuchtend hellen Blau, das Türen und Fenster der Häuser auf den Kykladen schmückt, spiegelte sich in dem ruhigen, blauen Wasser zu einer wunderschönen Komposition, eingerahmt von der gelblich grauen Felsküste und ihrem leuchtend grünen Buschsaum.

Das Blau des Meeres verlor sich am Horizont im Dunst des Mittags, Entfernung wurde nur durch eine kleine vorgelagerte Insel bewußt, die in Form einer Kappe aus dem in seiner Bewegungslosigkeit zäh wirkenden Meer herausragte. Daniel hielt die Kamera hoch. Es war sein Beruf, Augenblicke wie diesen festzuhalten. Als Bild für einen Kalender würde er einen Monat über Zahlenreihen stehen, um mit dem letzten Tag abgerissen und Opfer einer schnelllebigen Zeit zu werden. Oder er könnte als Postkarte mit zur Pflicht gewordenen Urlaubsgrüßen durch die Welt gehen. In der Wirklichkeit konnte Daniel diesen Augenblick anschauen, auch betreten und an ihm teilhaben; diese Welt dort draußen gehörte für Sekunden ihm.

Warum hatte er eben den Alten nicht fotografiert? Merkwürdig, dachte er.

Er sprang über die letzten Felsen und erreichte das Fischerboot. Georgious war eben dabei, mit der Pütz Wasser zu schöpfen, um in einem Guß über das Deck den Abfall der Arbeit - Panzer von Krustentieren, Seegras, kleines Gestein, Muschelschalen und Schneckenhausreste - dem Meer zurückzugeben. Daniel zog das Boot etwas näher an die Felsen und war mit einem Satz an Bord. Die Netzhaufen lagen wieder aufgeräumt zu beiden Seiten der Deckswölbung. So nebenbei hatte Georgious längst Vorbereitungen für die Suppe getroffen. Ein paar Kartoffeln lagen auf einem Stück Zeitung, geschält, in Stücke geschnitten, daneben die geschabten Karotten und gesäuberten Zwiebeln.

„Wie war's, Daniel?" fragte er, ohne von seiner Arbeit aufzusehen.

„Schön! Es ist herrlich dort oben, wirklich beeindruckend", antwortete Daniel banal.

Der Fischer erhob sich langsam aus seiner Hockstellung, legte eine Hand auf den Rücken, drückte mit einem schmerzerfüllten Stöhnen das steif gewordene Kreuz durch. Auch er war wie Daniel müde, hatte immer noch die zerzausten Haare, und sein braunes, wettergegerbtes Gesicht war nun noch dunkler durch kräftig sprießende schwarze Bartstoppeln. Hose und Hemd waren um eine Fleckenlandschaft reicher geworden, das Salzwasser umsäumte all die dunklen Inseln mit einem weißen Rand.

„Komm her, Daniel, möchtest du mal sehen?" Er hob den hölzernen Lukendeckel hoch, unter dem das gestoßene Eis gebunkert war. Mit einer Hand schob er das Eis nach links und rechts etwas auseinander, und nun waren säuberlich aufgeschichtet Holzsteigen zu sehen, in denen die Fische nach Arten sortiert lagen, eingebettet in das gefrorene Wasser, das den Fang für zwei oder drei Tage an Bord frisch halten würde. Es sah schön und appetitlich aus, nichts war mehr zu erkennen von der Mühsal, die Fische in den

Netzen an Bord zu ziehen und sie dann in Stunden aus dem Geflecht dünner Nylonfäden zu polken. Sie schillerten in silbrigem Blau, Rot und Grau und glotzten aus ihrer eisigen Umgebung. Daniel bewunderte die Ordnung, die der Fischer geschaffen hatte, und entdeckte wieder den leichten Anflug von Stolz in einem versteckten Lächeln.

„Jetzt werden wir eine Fischsuppe kochen, die dir schmecken wird", versprach Georgious und fingerte zwei Bierdosen aus dem Eis, drückte Daniel eine in die Hand und ließ mit dumpfem Schlag den Lukendeckel über dem lichtlosen kleinen Raum fallen, der Fische und Eis zu gemeinsamen Gefangenen machte. Der kalte Schluck Bier war köstlich.

Mit viel Sorgfalt sortierte Georgious nun die bereits ausgenommenen und gesäuberten Fische in einen großen Topf, dazwischen dekorierte er immer wieder ganze geschälte Zwiebeln, Kartoffelstücke, Karotten und Lorbeerblätter, streute Salz darüber, warf ein paar Wacholderbeeren dazu, preßte mit starker Hand den Saft aus zwei Zitronen in den Topf und goß dann das Ganze mit Wasser und einem kräftigen Schuß Olivenöl auf.

Nicht nur die unverkäuflichen, angefressenen oder aufgerissenen Fische, die von den Fischern sonst zur Fischsuppe verkocht wurden, hatte Georgious ausgesucht, sondern es kamen neben dem Petermännchen, das heute morgen zur abschreckenden Demonstration diente, auch zwei stattliche gestreifte Meerbarben in den Kessel, von denen er Daniel erzählt hatte, daß sie auf dem Markt den höchsten Preis erzielten. Silbrige Geißbrassen und rote Drachenköpfe hatte er aufgehoben, zur Krönung kam eine kleine, noch graubraun gesprenkelte Languste in den Topf.

„Die Barben und die Languste sind für dich", versprach er großzügig und war sichtlich stolz, seinem Freund eine solche Delikatesse bieten zu können.

Diese herzlichen Gesten waren es, die Daniel in Griechenland schon so häufig erlebt hatte, die ihn immer wieder beschämten, weil sie gerade seinen Landsleuten so schwerfielen: Wenn die Griechen jemanden mochten, taten sie alles für ihn; ihre Hilfsbereitschaft und Gastfreundschaft kannte keine egoistischen Grenzen.

Um die schon schwarz gewordene Unterseite des Kessels züngelten die gelben Flammen, wie eine hohle Hand den Topf umgreifend, um sich dann schnell wieder in den blauen Stern zurückzuziehen. Den beiden blieb jetzt nur noch zu warten; den ersten Hunger stillten sie mit ein paar Oliven und Brot, dazu tranken sie das Bier.

Daniel überlegte, ob er Georgious seine Begegnung mit Malkos anvertrauen sollte, ob er ihn fragen sollte, was der Fischer von ihm und über ihn wisse. Doch Georgious hätte ihm sicher von Malkos erzählt, wenn er etwas gewußt hätte.

„Du sagtest mir, die Insel sei unbewohnt?" wandte er sich eher nebenbei an den Fischer.

„Ja ...", antwortete er und fügte nach der Pause

128

einer Olive, die er schmatzend vom Kern lutschte, hinzu, „abgesehen von Tássilos, dem Ziegenhirten." Er zog den letzten großen Schluck Bier aus seiner Dose.

Sie hockten träge um den Gaskocher und lauschten dem brodelnden Wasser. Das durch Öl und Zitronensaft leicht gelbliche Suppenwasser wurde mit dem zerkochenden Fisch, den Zwiebeln und Kartoffeln immer sämiger und umspielte mit tanzenden und zerplatzenden Blasen die sich leuchtend rot einfärbende Languste.

Also war es Tássilos, der Ziegenhirt, dem Daniel begegnet war. Natürlich, der Alte hatte ja die Ledersohlen der Hirten an den Füßen. Aber was sollte das mit dem anderen Namen? Warum hatte er sich als Malkos vorgestellt?

„Hier auf Skantzoura gibt es ungefähr fünfhundert Ziegen", erklärte Georgious noch, „für die ist er hier. Eine langweilige Arbeit."

Malkos ... Tássilos, sollte sich Daniel verhört haben? Nein, unmöglich; ihm fiel ein, der Alte hatte seinen Namen mit hebräischer Herkunft erklärt. Und hatte er nicht gesagt, die Griechen würden ihn Vassiliós nennen? Barg die Insel als Überraschung zwei Einwohner? Von Tássilos dem Hirten hatte der Fischer zunächst auch nichts erzählt. Nein, der Alte da oben wird sich einen Schabernack geleistet haben ...

„Tássilos ist heute auf Alonnisos", leierte der Fischer gelangweilt weiter, „glaube ich jedenfalls, sonst hätten wir sein *kaïki* gesehen."

Georgious riß die nächste Dose Bier auf und hielt sie Daniel mit dem ausgestreckten Arm entgegen.

„*Jásu*, Daniel, trink!"

„*Jásu*, Georgious", antwortete Daniel gedankenversunken und hielt seine schon fast leere Dose hoch, „ich hab' noch, danke."

Georgious oder die anderen mußten den Hirten auch als Philosophen, Provokateur und Antichristen kennen. Sicher mochten sie ihn dann nicht, oder sie verlachten ihn. Aber die Liebe des Alten für Rosen - das war unverfänglich. Rosen pflegte fast jeder vor seinem Haus in Patitiri oder wo immer die Fischer wohnten.

„Hast du den Rosenstrauch von Tássilos schon mal gesehen", fragte Daniel betont beiläufig.

Georgious sah ihn verständnislos an, da lenkte ihn die brodelnde Suppe ab, die über den Kesselrand schwappte und die züngelnden Flammen zu hektisch zischenden Bewegungen trieb. Er drehte den Gaskocher etwas zurück und stocherte mit seiner Gabel im Kessel herum. Die Suppe war fertig.

Er zauberte einfache Blechschalen und Löffel hervor, wobei er nach einem kurzen prüfenden Blick Daniel die Schale reichte, von der er glaubte, daß sie am saubersten sei. Nachdem die Suppe von den Fischen abgegossen war, verteilte er sie mit einer großen Kelle in die Schalen. Es duftete köstlich, als die Männer sie geräuschvoll vom Löffel schlürften.

„Herrlich!" Daniel war ehrlich begeistert.

Dann packte Georgious die versprochenen Barben und die Languste auf Daniels Teller. Schweigend aßen sie - das Mahl war viel zu gut, als daß Daniel mit Fragen hätte ablenken wollen.

Als sie reichlich gegessen hatten, blieb von den Fischen immer noch mehr als die Hälfte übrig. Georgious warf alles ins Meer; flinke Möwen versuchten mit lautem Gekreische das Beste zu retten. Auf Daniels entsetzten Blick versicherte der Fischer, daß er extra so viele Fische gekocht habe, nicht weil sie gegessen werden sollten, sondern, um der Suppe das richtige Aroma zu geben.

„Es hat doch geschmeckt, oder?"

„Ganz ausgezeichnet, Georgious. Du bist ein wunderbarer Koch!"

Zufrieden griff der Fischer nach zwei Bierdosen, die eine für sich, die andere für seinen Gast, setzte sich wieder auf seinen kleinen Schemel, und zündete sich eine Zigarette an.

„Ich glaube", meinte er mit einem Mal, „Tássilos hat hier keine Rosen."

Daniel hatte sich schon damit abgefunden, daß Georgious seine Frage gar nicht verstanden hatte; er war überrascht, daß der Fischer das Gespräch wieder aufnahm.

„Er wohnt mal für ein paar Tage, manchmal auch für ein paar Wochen hier. Ich weiß das nicht so genau. Wenn er nach Alonnisos fährt, dann hauptsächlich, um Wasser und Lebensmittel zu holen." Er tat einen langen Zug an der Zigarette. „Tássilos hat Frau und Kinder, aber die sieht er selten. ... Ist für ihn vielleicht auch besser. Manchmal bin ich auch froh, wenn ich ein paar Tage nicht zu Hause bin und meine Maria nicht zu sehen brauche", grinste er.

„Und wo wohnt Tássilos hier auf Skantzoura?"

„Oben im Kloster, in dem Haus, in dem auch die Mönche gewohnt haben. Er hat sich dort ein Zimmer hergerichtet; ich weiß nicht genau wo. Soll ja alles ziemlich verfallen sein."

Daniel erinnerte sich, daß eine Tür des ehemaligen Wohnhauses der Mönche verschlossen war.

„Also sein Zuhause da oben kennst du nicht?" hakte Daniel nach.

„Da raufgehen? Nein. Was soll ich da oben?"

Der Fischer war offensichtlich nicht erpicht darauf, die Gesellschaft des Hirten zu suchen. Georgious erhob sich; wahrscheinlich würde er sich jetzt schlafen legen. Aber Daniel waren seine Antworten noch nicht genug. Also steuerte er nun doch direkt auf das heikle Thema zu:

„Sag mal, Georgious, hast du von dem Gerücht gehört, wonach einige Fischer hier einen Fremden gesehen haben wollen? Immer nur von weitem, natürlich, und man konnte sich nicht erklären, woher er gekommen sei, weil kein Boot zu finden war."

„Ach, *die* Geschichte", der Fischer lachte laut. „Ja, ja, ich habe davon gehört. Stamáti, der verrückte Kerl, hat das in die Welt gesetzt und behauptet, wenn ein Fischer den Mann auf Skantzoura sieht, dann hat er auch einen schlechten Fang. Ich habe diesen Unsinn nie geglaubt. Der Stamáti wollte die anderen Fischer wahrscheinlich nur davon abbringen, daß sie um Skantzoura fischen, damit er selbst die Netze immer voll hat. Zuerst ist Tássilos auf die Geschichte eingegangen und hat auch behauptet, er habe hier einen Mann gesehen. Aber dann sind ihm plötzlich die Fischer weggeblieben, und er hatte überhaupt keine Gesellschaft mehr. Da hat er sich schnell eines besseren besonnen und gesagt, daß alles nur ein Scherz gewesen sei." Georgious war richtig in Fahrt gekommen.

„Und Stamáti? Wie stellt der sich inzwischen dazu?" fragte Daniel.

„Der schwört alle Eide darauf, daß er den Mann gesehen habe. Laß ihn schwören! Ich fahre seit Jahren zum Fischen hierher und habe noch nie jemanden gesehen. Außerdem, wie soll ein Fremder ohne *kaíki* auf die Insel kommen? Wenn ihn einer von uns mitgenommen hätte, wüßten wir das doch, oder? Das ist doch alles Blödsinn."

Georgious machte eine Handbewegung, die bedeutete, daß für ihn das Thema damit erledigt sei. Er legte sich in den Schatten der Plane zum Schlafen. Gegen Abend wollte er die Netze wieder auswerfen, diesmal an einer anderen Stelle, denn er war mit dem heutigen Fangergebnis nicht zufrieden. Auch Daniel legte sich in den Schatten auf die Schiffsplanken, den Kopf an einen Haufen Netze gelehnt, ein altes Hemd dazwischengeschoben. Aber die Gedanken ließen ihn nicht zur Ruhe kommen.

Die Bilder des Vormittags jagten sich im Dämmerschlaf der Nachmittagshitze: Wo war der Zusammenhang zwischen Malkos Philosophie und der Rose? Immer wieder hatte er Brücken gebaut, und trotzdem drehte sich in Daniel das Karussell der Fragen, die um das Geheimnis des Rosenstocks zusammenflossen.

Und die Gedanken begannen einen Reigen um sich selbst, stürzten Kaskaden hinunter, auf jeder Stufe verhaltend, um zuletzt in der Gischt wieder nach oben zu schweben; erschufen neue Bilder von blühenden Gärten in Babylon, Bagdad, Athen und Rom, auf Kreta und Lesbos. Ein zweimastiger Rahsegler mit Lateinersegeln lief unter dem Befehl eines römischen Feldherrn in der Bucht von Skantzoura ein, machte neben dem *kaíki* von Georgious fest, der weiter unbekümmert seine Fische aus dem Netz schüttelte, während gewaltige Mengen Rosen entladen wurden, die von Packtieren den Weg zum Kloster geschleppt wurden. Das Kloster, die alten verfallenden Mauern mit herausgebrochenen, hohlen Fenstern versanken in Dornen und Rosen. Auf dem Platz zwischen den Gebäuden tanzte die Dichterin Sappho mit wehendem kastanienrotem Haar, umringt von ihren Mädchen gleich den Mänaden des Dionysos. Sie alle tanzten. Assimína war plötzlich unter ihnen. Sie lächelte Daniel zu und war doch unerreichbar. Die Nymphen aus dem Brunnenraum des Klosters schlossen sich dem Reigen an. Die langen Gewänder schlangen sich mit den Bewegungen um die Körper, drückten sich an die zarten Rundungen, verschmolzen mit den Gestalten und ließen die Mädchen nackt weitertanzen. Vom Meer zog ein Wind die Hügel hinauf, spielte mit den Haaren der Tanzenden, hob sie auf, hauchte in die Wellen Bewegung, wand sie kunstvoll um Köpfe und Gesichter, verwandelte sie in Blütenblätter knospender Rosen. Die schlanken, weißen Körper wurden zu Rosenstengeln und tanzten und sangen ... Auf einmal stand das große Holzkreuz unter ihnen, und die Rosen begannen dornenreich emporzuranken, bis vor Dornengestrüpp nichts mehr zu sehen war. Und unter dem Gewicht der windenden, dornigen Last begann das Kreuz mit lautem Krachen und Getöse in die Tiefe zu stürzen. Daniel erwachte.

Das *kaíki* lag bleiern in der ruhigen See, die Luft stand, war nur erfüllt von dem monotonen Gesang der Zikaden. Die schon schrägstehende Sonne kroch unter die Plane, tauchte all die Gerätschaften in ein warmes, goldenes Licht und malte ihre länger werdenden Schatten auf das Deck.

„Gut geschlafen?" fragte der Fischer lachend.

Daniel stand auf und streckte sich die Härte der Schiffsplanken aus den Gliedern. Es dauerte seine Zeit, bis er sich in der Wirklichkeit wieder zurechtfand. Georgious hatte schon Wasser für Kaffee aufgesetzt. Ihn hatte die innere Uhr geweckt, die ihm auf die Minute sagte, wann es Zeit war, das Boot für die Arbeit fertigzumachen. In einem kleinen Topf brühte er den sandigen Kaffee auf, füllte ihn in kleine Tassen und schob Daniel eine zu.

„Möchtest du?"

„Gern. Der macht mich hoffentlich wieder munter", sagte Daniel.

Sie schlürften laut das süße Gebräu.

„Wo legst du die Netze heute aus?"

„An der Ostseite", Georgious deutete über die mit Sträuchern bewachsene Felszunge hinaus. „Das Meer ist ruhig. Wir können es riskieren."

Das *kaíki* tuckerte aus der Bucht und nahm Kurs auf zwei zur Mitte ins Meer steil abfallende Inselbrocken. Gegenüber, auf der Hauptinsel, entdeckte Daniel einen verlassenen Marmorbruch. „Es lohnt sich nicht mehr", kommentierte Georgious lakonisch. Nur die große weiße Wunde im grünen Buschland und ein vom Wind schief gedrückter Holzverschlag zeugten noch von der Beschaffenheit der Insel.

Nachdem die Netze geworfen waren, suchten sie sich für die Nacht wieder einen geschützten Platz in einer der Buchten. Sie blieben diesmal allein; zu zweit wurde weniger getrunken und weniger geredet. Sie saßen um das Feuer, schwatzten mit Belanglosigkeiten die Nacht herbei und verschwanden bald unter ihren Decken.

Mit dem Einholen der Netze am nächsten Morgen erfüllten sich die schlimmsten Ahnungen: Noch weniger Fische als am Tag zuvor hatten sich in den Maschen verfangen. Georgious beschloß, zurückzufahren. Das Wetter sei nun doch zu heiß, der Wind fehle, um kühleres Wasser nach oben zu bringen. Die Fische würden, die aufgeheizte Oberfläche fliehend, tiefer gehen, wo er mit seinen Netzen nicht mehr hinkäme. Mit einem Achselzucken kam seine einzige und immer wiederkehrende Lebensweisheit: „*Tí na kánume.*" Sie war Trost und Resignation zugleich. Die Stimmung war gedrückt.

Georgious entschied, die Arbeit diesmal während der Rückfahrt zu erledigen. Er übergab Daniel das Steuer, stellte sich auf das Vorschiff zwischen die Netzberge und ließ alles, Netze und Fische, wieder durch die Hände wandern. Manchmal trennte er mit dem Messer eine Masche, opferte damit ein Stück Netz, wenn es sich lohnte, eine Barbe oder Brasse zu befreien, deren Todeszappeln sie in Nylon gewickelt hatte. Die Möwen verfolgten alles kreischend in unentwegter Flugakrobatik, stürzten sich dem Abfall entgegen, klatschten aufs Meer, jagten einander in der Hoffnung, der Sieger würde die Beute verlieren. Und unablässig drehte sich die bronzene Bootsschraube und vertraute ihre Kraft dem Meer an.

Da zog auf Gegenkurs dicht an ihnen ein anderes *kaíki* vorbei. Es hatte keine Rollen zum Holen der Netze, sondern Wasserkanister standen aufgereiht auf dem Vorschiff. Ein Mann war zu sehen, weißhaarig über dem verwittert braunen Gesicht, im offenen Hemd, sonst war nicht viel zu erkennen. Er saß am Steuer und grüßte mit erhobener Hand. Georgious und Daniel grüßten zurück.

„Das war Tássilos, der Ziegenhirt", rief Georgious Daniel zu. „Er hat Wasser geholt, siehst du die Kanister vorne auf seinem Schiff? Ich hab's dir ja gesagt, er war nicht auf Skantzoura, sonst hätten wir sein Schiff gesehen, vor zwei Tagen in der Bucht."

Langsam drehte sich Daniel um, und seine Blicke schleppten sich dem Kielwasser des vorbeiziehenden *kaíki* nach, das in den funkelnden Glanz der silbrigen See eintauchte und langsam darin verschwand. Wer war der andere? Wer war der Alte, mit dem er sprach? Wer war Malkos, den sonst niemand kannte? Er spürte, wie ihm die Kehle trocken wurde.

„Und sonst wohnt wirklich niemand auf der Insel?"

„Nein, das hab ich dir doch schon gesagt."

Ein kurzer, verständnisloser Blick, dann war Georgious wieder bei seiner Arbeit.

Mit dem größer werdenden Abstand veränderte Skantzoura die Form, zog sich in die Länge, hob kantig die Silhouette des Klosters über die weichen Linien der Hänge, wurde flacher, weil es nach und nach in das Meer versank und blieb doch am Horizont, bis sie die beiden Inseln Dio Adélphia passierten, die ihnen die Sicht zurück nahmen. Daniel war, als verlasse er ein Fleckchen Erde, das er schon immer kannte. Skantzoura war nicht mehr eine von Millionen Inseln in den Meeren der Welt - sie war für ihn zum Zentrum seiner selbst geworden, ohne daß er dieses Gefühl konkreter fassen konnte. Würde er den Alten je wiedersehen?

Georgious war mit seiner Arbeit fertig, die Netze lagen wieder aufgeräumt auf Deck, das mit reichlich

Wasser abgespült wie blank poliert aussah, und der Fischer setzte sich neben Daniel, rauchte eine Zigarette und genoß entspannt, daß ein anderer sein Boot steuerte. Seine Augen blitzten freundlich im bärtigen Gesicht, doch ein wenig müde oder enttäuscht.

„Es wird dir zwar kein Trost sein, aber für mich war es schön, sehr schön. Ein unvergeßliches Erlebnis." Daniel sah das dankbare Lächeln des Fischers und beeilte sich zu ergänzen: „Vor allem deine Suppe hat gut geschmeckt."

Sie lachten beide.

Als sie sich der Hafeneinfahrt von Patitiri näherten, übernahm Georgious wieder das Ruder. Der Hafen war ziemlich voll, fast alle anderen Fischerboote waren zu Hause geblieben, weil sie das Wetter besser eingeschätzt hatten. Georgious schob sein Boot in eine schmale Lücke zwischen zwei *kaíkia*, die er leicht auseinanderdrückte. Er wollte an der Kaimauer festmachen und nicht in der zweiten Reihe, um leichter entladen zu können. Während Daniel noch links und rechts die Fender zurechtrückte, damit sie gut zwischen den Booten lagen, war der Fischer schon an Land gesprungen, machte mit der Bugleine an einem Ring fest und fuhr sein in der Nähe geparktes motorisiertes Dreirad heran. Daniel kroch durch die Luke in das immer noch kalte Verließ und reichte die Kisten mit den Fischen heraus, aus denen eisiges Wasser troff. Während Georgious sie auf die Ladefläche des Dreirads stapelte, verkaufte er so nebenbei den einen oder anderen Fisch an Neugierige, die so schnell gekommen waren, wie die Fliegen. Auch den zweiten, etwas zu kleinen Hummer wurde er zusammen mit den Fischen los, die kleine Beschädigungen vom Netz hatten und die er deshalb dem Kühlhaus nicht hätte anbieten können. Aber das meiste seines bescheidenen Fangs wanderte in das Kühlhaus, wo es ausgewogen, eingelagert und weiterverkauft wurde.

„Treffen wir uns später noch auf einen *ouzo*?" rief Daniel, bevor sie auseinandergingen.

„*Vevéos*, sicher doch", antwortete Georgious und trottete nach Hause.

Sechs

Daniel schlenderte hungrig durch die kleinen *kafenía* und Kneipen entlang der Hafenmole, die, eingehüllt in den Fischdunst und unermüdlich gerauchter Zigaretten, zu Archiven wurden, in denen all das Wissen der Fischer und Tagelöhner verwahrt war - jeden Tag neu eingefärbt, angereichert und aufgefrischt, um mit Schlucken süßen Kaffees und einiger *ouzos* neu inhaliert zu werden. Bei Kosta blieb er hängen, einer Taverne, von der er wußte, daß sie gute Küche bot und sich auch Georgious gelegentlich auf ein Glas hierhersetzte.

In den Schatten einer bis zum Straßenrand langgezogenen Markise duckten sich kleine quadratische Holztische wie aus dem Becher geworfene Würfel, stelzig umringt von steifen, gradlehnigen Stühlchen mit geflochtenen Sitzflächen und Rückenlehnen. Beinahe alle Tische waren frei; die meisten Griechen suchten in der Mittagshitze den Schatten ihrer Häuser auf. Daniel rückte einen Stuhl zurecht und setzte sich, den rechten Fuß auf die Quersprosse des nächsten gestützt - eine gewohnheitsmäßige Haltung, wollte man halbwegs bequem sitzen. Dem echten

Griechen gewährt ein Bonmot sieben dieser Stühle, zählt man zu dem einen, auf dem er sitzt, für Arme, Beine, Stock und Hut je einen weiteren dazu.

Kosta kam, als er den Gast sah, und setzte sich gleich mit einem „*Jásu*, Daniel" neben ihn, zunächst ohne ihn anzusehen und ohne nach seinen Wünschen zu fragen. Richtiger gesagt, er ließ sich fallen, denn er gehörte zu den behäbigen Männern, deren einzige Aufgabe es zu sein scheint, ihren fülligen Bauch stolz vor sich her zu tragen. Tief über die Nasenwurzel gedrückte Falten gaben Kosta manchmal ein etwas mürrisches Aussehen, aber wenn er lachte, waren es Kinderaugen, die einen ansahen. Jetzt saß er mit nervös wippendem Knie und auf den Tisch trommelnden Fingern da und schaute aufs Meer hinaus.

„Was gibt's?" kam es nach einer Weile trocken über seine Lippen.

„Ich war mit Georgious vor Skantzoura beim Fischen", sagte Daniel.

„Habt ihr was gefangen?"

„Wenig, das Wetter ... du weißt schon, es ist zu heiß."

Kosta schwieg. Daniel hatte Hunger, wollte aber nicht unhöflich sein und ihn aus seiner Ruhe reißen.

„Natürlich, es ist zu heiß", brummelte Kosta nach einer Pause, und Daniel hätte beinahe vergessen, was er damit meinte, so lange hatte er sich mit der Antwort Zeit gelassen. Und prompt war er wieder bei seiner zentralen Frage: Vielleicht kannte Kosta Malkos oder wußte wenigstens von ihm. Beim bloßen

Gedanken daran spürte er Erregung, als hätte er ein Examen zu bestehen. Er gab sich Mühe, gelassen zu bleiben.

„Kennst du Tássilos, den Ziegenhirten auf Skantzoura?"

Die erneute Pause, die sich Kosta für das Zurechtlegen seiner Antwort gönnte, machte Daniel nervös. Endlich kam es gelangweilt:

„Erst heute ist er wieder zurückgefahren. Er hat Wasser und Proviant geholt. Dort drüben ist er gesessen, wir haben einen *ouzo* zusammen getrunken", er deutete auf den Nachbartisch.

„Hm, auch wir sind ihm begegnet, kurz vor den Dio Adélphia. Wohnt eigentlich außer Tássilos noch jemand auf der Insel?"

„Auf Skantzoura? Nein, da ist Tássilos allein. Na ja, zusammen mit seinem Hund und seinen Ziegen natürlich." Er lachte. „Auch er wohnt nicht eigentlich dort. Er fährt rüber, bleibt ein oder zwei Wochen dort und kommt wieder her. Skantzoura hat kein Wasser, weißt du. Er muß immer wieder fahren, um Wasser für seine Ziegen rüberzubringen."

Jetzt war Daniel es, der mit den Fingern nervös auf den Tisch trommelte.

„Kennst du zufällig einen Malkos?"

Ziemlich schnell hob Kosta das Kinn und schnalzte mit der Zunge. „Wer soll das sein?"

„Weiß nicht. Ich hab' den Namen nur mal gehört. Ich dachte mir, du kennst ihn vielleicht", Daniel tat desinteressiert ab.

Kosta blieb weiter sitzen und schaute auf das Meer hinaus, als wäre *er* Gast und nicht der Wirt. Nach einer Weile des Schweigens und Beobachtens - sicher wußte keiner so genau was geschwiegen und was beobachtet wurde - überlegte Daniel, ob sein Hunger so groß sei, daß er den Dicken aus seiner Ruhe reißen sollte, als sich wenigstens dieser Konflikt erledigte mit der eigentlich in eine andere Richtung gesprochenen, aber doch wohl ihm geltenden Frage:

„Kann ich dir was bringen?"

„Ich hab' Hunger. Was hast du denn Gutes?" Mit dieser Gegenfrage schien Kosta erst aufzuwachen, denn er kochte gerne und er kochte gut. Kosta sah ihn zum ersten Mal direkt an, und seine Augen strahlten.

„*Papoutsákia*, ich habe frische, schöne *papoutsákia*, heute gemacht. Möchtest du?"

Papoutsákia bedeutet eigentlich Schühchen, und gemeint sind der Länge nach halbierte Auberginen, die mit einer Mischung aus dem Fruchtfleisch der Auberginen, Tomaten, Petersilie, Käse und Hackfleisch gefüllt sind, mit einer Béchamelsauce übergossen und dann gebacken werden. Da gab es keine Frage, Daniel stimmte freudig zu. Der Dicke erhob sich schwerfällig, zog seine Hose etwas nach oben und versuchte sein Hemd unter den Gürtel zu schieben, was alles zusammen ein unnützes Unterfangen blieb, denn die Hose rutschte wieder unter den Bauch und das Hemd blieb zu kurz, um die Reise abwärts mitmachen zu können. So schlurfte er in die Küche, und eh Daniel es sich versah, auch wieder heraus und stellte den Teller mit den Papoutsákia vor ihn auf den Tisch, zusammen mit einem Korb Brot.

„Möchtest du was trinken?" fragte er, während Daniel erfolgreich nach dem Besteck im Brotkorb fingerte.

„Bring mir bitte Wasser."

Der Wirt rollte wieder davon und brachte einen Krug Wasser, der die Kühle schon durch die Rinnsale tropfenden Taus versprach, die sich über die Rundung des gläsernen Gefäßes entlangzogen.

Kosta setzte sich wieder mit an den Tisch, und eine von Pausen geprägte, sich auf drei oder vier Fragen und Antworten begrenzte Unterhaltung zog sich klebrig dahin. Heute war es Daniel recht, als Gäste auftauchten - für Kostas Verhältnisse hatten sie ohnehin schon viel miteinander gesprochen, und er war mit seinen Gedanken noch auf Skantzoura und außerdem müde von der fast dreitägigen Fahrt.

Nach dem Essen bestellte er sich noch einen griechischen Kaffee, schlürfte ihn genüßlich in kleinen Schlucken und genoß die schläfrige Mittagshitze. Da schlenderte Georgious heran und setzte sich zu ihm. Er war geduscht, frisch rasiert, die Haare ungewöhnlich gescheitelt, um seinen Lockenwust wenigstens für kurze Zeit im Zaum zu halten, und ein frisch gewaschenes Hemd steckte ordentlich in der Hose - alles so, als hätte er sich für einen Kirchgang aufgeputzt.

„Du bist weiter als ich, ich war noch nicht einmal zu Hause. Hast du schon gegessen?" fragte Daniel.

Georgious hob das Kinn. „Ich hab' keinen Hunger."

„Möchtest du einen Ouzo mit mir trinken?"

„Bah …", wehrte er zögernd ab, „ich glaube, ein Bier wäre für mich jetzt besser."

Daniel bestellte für beide, und Kosta stellte zwei Flaschen und Gläser auf den Tisch. Georgious goß sich das Bier langsam in das schräg gehaltene Glas, er mochte keinen Schaum. Daniel zauberte eine schöne Schaumkrone; eine deutsche Manier, die der Grieche immer noch verständnislos belächelte. Sie prosteten sich zu. Mit langem Zug leerte Georgious sein Glas zur Hälfte und ließ ein zufriedenes Grunzen folgen. Dann schaute er Daniel an, als erwarte er nun von ihm noch einmal ein Urteil über das gemeinsam Erlebte.

„Schön war's, Georgious, wirklich", beeilte sich Daniel, der Aufforderung zu folgen.

„Bah …", begleitet jedoch von einem breiten zufriedenen Grinsen.

„Ich möchte gerne noch einmal mit dir nach Skantzoura fahren, Georgious. Du mußt mir sagen, wann es dir paßt."

„Gern, aber vorläufig nicht. Du hast ja gesehen, was wir gefangen haben. Die Sommermonate sind schlecht für den Fischfang. Aber wenn du mal alleine fahren möchtest, dann kannst du jederzeit mein Boot haben. Ich weiß ja jetzt, daß du damit umgehen kannst. Da gibt es keine Probleme."

Daniel wurde bei dem Angebot richtig aufgeregt.

146

Der Fischer brachte ihm ein gewaltiges Vertrauen entgegen; Daniel bot sich damit die einmalige Chance, auch einmal alleine rüberzukommen, sich nicht an den Zeitplan des Fischers halten zu müssen.

„Ich nehme gerne an, Georgious. Du kannst dich darauf verlassen, daß ...“

„Schon gut. Wir tanken morgen voll, und dann steht das *kaíki* zu deiner Verfügung.“

Sie hoben die Gläser und besiegelten die Abmachung. Daniel war überglücklich.

Ein anderer Fischer setzte sich zu ihnen, weitere Männer folgten, bis sie um zwei Tische verteilt saßen, alle miteinander verkettet, weil sich die Füße oder Arme des einen am Stuhl des anderen festhielten. Die Gespräche brausten auf wie die Böen eines Windes und flauten wieder ab, bis zur völligen Stille, als warteten sie alle auf ihren Einsatz. Bis der Sturm wieder losbrach, hörte man nur das Klicken der Perlen am *kombolói*, jenem Kettchen, das die Griechen so geschickt um die Finger werfen, Perle für Perle fallen lassen, um das Spiel in regelmäßiger Eintönigkeit von vorne zu beginnen. An Daniel ging das alles vorbei wie ein entferntes Rauschen. In seinen Gedanken war er bereits auf dem Fischerboot unterwegs nach Skantzoura.

Georgious wurde immer stiller, als müßte er für jedes Wort bezahlen, spülte lieber mit Alkohol unnützes Denken aus dem Sinn. Nur wenn sich seine Blicke mit Daniels trafen, kam sein Lachen, sie prosteten sich zu, dem folgte das befreiende Grunzen und der

Schwur, beim nächsten Mal würden sie mehr Fische in den Netzen haben und würden wieder gemeinsam Fischsuppe essen. Das Ritual wurde mit der Geduld einer gesprungenen Schallplatte ein Dutzend Mal wiederholt und vom Nicken der anderen begleitet.

Die Runde lästerte freundschaftlich, welches Pech Georgious *kakotichós* diesmal gehabt habe, darauf dann das allgemeine Lob: Man wußte, daß bei ihm die Fischsuppe am besten schmeckte. Da war wieder das verschämte und doch stolze Lächeln hinter dem gehobenen Bierglas zu entdecken; die beiden Freunde blinzelten sich zu.

Daniel brachte seine Begeisterung zum Ausdruck über die Tour mit Georgious; erzählte auch über Skantzoura. Er merkte jedoch, daß seine Schwärmerei für die Insel nur lächelnde Verlegenheit hervorrief: Den Fischer interessiert nur das Meer und was aus ihm herauszuholen ist. Inseln bestehen aus geschützten Buchten, die sichere Ankerplätze ergaben, Landschaft und Aussicht hatte man daheim genug.

Da schlenderte mit einem Mal Stamátis die *paralía* entlang, der Fischer, von dem Georgious erzählt hatte, er habe als erster das Gerücht um den Fremden auf Skantzoura in die Welt gesetzt. Er sah die Gruppe der gestikulierenden Fischer, griff sich das letzte freie Stühlchen und setzte sich dazu. Aus den Gesprächen hatte er schnell heraus, daß Georgious und Daniel gerade von Skantzoura zurückgekommen waren. Die Blicke von Stamátis und Daniel trafen sich. Es war etwas von Verstehen darin. Oder bildete sich Daniel das nur ein? Der Fischer wußte nichts über Daniels Begegnung auf Skantzoura, aber er sah ihn an, als wüßte er alles. Es war kein Triumph in diesem Blick, eher bange Komplizenschaft, die sich aber ebenso schnell im Palaver der Fischer wieder verlor.

Nach einer Stunde dieser Gespräche um nichts und alles, standen die leeren Flaschen auf den Tischen wie Kegel, die darauf warteten, in einem kühnen Wurf abgeräumt zu werden. Dazwischen die überquellenden Aschenbecher. Jeder war Passendes und Unpassendes losgeworden, und nach und nach verlief sich die Runde wieder. In ähnlicher Zusammensetzung mochte man sich im nächsten oder übernächsten *kafeníon* wieder treffen und das soeben neu erworbene Wissen ausschmücken.

Daß Daniel mit *kakotichós* beim Fischen war und daß es ihm gefallen habe, das wußten nach einer Stunde alle im Hafen. Auf dem Heimweg bekam Daniel wiederholt ein „War's schön?", „hat's dir gefallen?" oder nur ein Kopfnicken, das einfach feststellte: „Wir haben schon gehört", zugeworfen.

Schließlich zu Hause spülte Daniel mit einer ausgiebigen Dusche endlich die Anstrengungen der letzten Tage vom Körper; wohlige Zufriedenheit blieb. Auf der Terrasse genoß er den zu Ende gehenden Tag. Die Zikaden waren noch zu hören, irgendwo kämpfte sich ein trostloser Schrei aus der Kehle eines Esels. Die blaue Decke des Himmels hielt immer noch Hitze am Boden gefangen, die nur ganz allmählich von einer Brise verweht wurde. In ganz schwachen Umrissen, nur um Nuancen im Blau sich unterscheidend, zeichnete der klarer werdende Abend Skantzoura an den Horizont.

Nun kannte er es also, dieses kleine, unscheinbare Eiland inmitten der unzähligen Ägäisinseln, dessen Küstenregion für die Fischer der Umgebung noch halbwegs guten Fang versprach, das für die segelnden Touristen auf der Seekarte immerhin zwei gut geschützte Buchten auswies, das mit seinem kargen Lebensangebot schon vor Jahrzehnten seine frommen Bewohner vertrieb - vielleicht auch, weil immer weniger junge Männer die Kasteiung eines Klosterdaseins als den sicheren Weg in ein paradiesisches Jenseits auslegten - und das heute nur fünfhundert Ziegen, einen Hirten und vielleicht einen kauzigen Alten mit einem Rosenstock duldete. Daniel überkam wieder dieses seltsame Gefühl der Vertrautheit, als er den kaum über den Horizont reichenden Schatten erkannte.

Mit all ihrer ärmlichen Nüchternheit barg diese Insel eine Faszination, die sich für Daniel nicht nur in der Begegnung mit Malkos ausdrückte. Doch jetzt, wo er die Ruhe hatte, noch einmal über alles nachzudenken, wurde ihm immer deutlicher, wie gut der alte Grieche die großen Philosophen seiner Heimat kannte, deren Gedanken er jedoch keineswegs nur nacherzählt, sondern mit ganz eigenständigen Folgerungen Daniel nahegebracht hatte. Nie und nimmer war dieser Mann ein einfacher Hirte, gab Daniel sich endlich zu ... Er nahm sich vor, schon am nächsten

Tag Georgious zu fragen, wie ernst er sein Angebot gemeint habe, ihm das Boot für ein oder zwei Tage zu leihen.

Da hörte er Schritte: Assimína - sie kam zu ihm auf die kleine Terrasse; ihre Augen lächelten ihm einen Gruß.

„Assimína. Du hier?" begrüßte er sie freudig überrascht.

„Ich hab' gehört, daß du wieder da bist. Wie hat dir das Fischen gefallen?"

„Es hat Spaß gemacht, auch wenn Georgious mit seinem Fang nicht so ganz zufrieden war. Komm setz' dich. Kann ich dir irgend etwas zu trinken anbieten?"

„Ein Glas Wasser, bitte."

Daniel holte zwei Gläser und einen Krug mit frischem, kaltem Wasser und schenkte ein.

„*Stin ijí*a, Daniel, ah, das tut gut. Erzähl' mir ein bißchen", forderte das Mädchen ihn auf.

Daniel schilderte mit begeisterter Anschaulichkeit die Fahrt, kam jedoch bald schon zu seiner Wanderung hinauf zum Kloster und - endlich konnte er mit jemandem darüber sprechen - zu der Begegnung mit Malkos. Assimína sah in mit großen Augen an und schien doch nicht sonderlich überrascht.

„War es tatsächlich der geheimnisvolle Mann, von dem die Leute erzählen?" fragte sie neugierig.

„Ich weiß es nicht. Georgious hält das alles für Unsinn. Aber laß dir erzählen, was ich von dem Mann alles erfahren habe."

Er versuchte, das Wesentliche zusammenzufassen;

von den Reisen durch die Zeit, die er selbst fast verdrängte, weil er sie sich mit nichts erklären konnte, sprach er nicht. Assimína lauschte gebannt und unterbrach Daniel erst, als dieser aufstehen wollte, um den Krug mit Wasser nachzufüllen.

„Daniel, das kann nicht der Hirte gewesen sein. Ich kenne Tássilos - er könnte solche Geschichten nicht erzählen. Und einen Rosenstock auf Skantzoura zu ziehen, das halte ich für ein Märchen. Entweder war der Mann verrückt, oder er hat dir einen Bären aufgebunden. Aber wenn er dort wohnt, dann müßte ihn Tássilos kennen. Schade, daß er gerade wieder zurückgefahren ist. Sonst hättest du ihn fragen können, ob er ihn schon einmal gesehen hat, diesen Malkos.“

Daniel entging nicht, daß in ihrer ungläubigen Reaktion auch ein Hauch von Spott über ‚diesen Malkos‘ lag. Zum ersten Mal auch erlebte er sie nicht mehr so schüchtern. In ihrem Lächeln glitzerte etwas wie Herausforderung; während sie redete, war sie pausenlos damit beschäftigt, die Haarsträhnen aus dem Gesicht zu streichen, die ihr der auffrischende Abendwind im selben Augenblick wieder über die Augen, die Nase oder den Mund legte. Wußte sie, wie zauberhaft diese Bewegung wirkte? Daniel war ‚dieser Malkos‘ auf einmal gar nicht mehr so wichtig. Ihr zarter Flaum im Nacken, ihre junge braune Haut interessierte ihn viel mehr, weckte Zärtlichkeit und Begehren. Daniel stellte sich vor, wie es wäre, ihren Körper zu spüren. Er liebte sie in Gedanken und schwor sich doch zugleich, ihr sein Empfinden nie zu gestehen, auch wenn er ahnte, daß sie seine Gefühle längst kannte. Sie stand ganz unvermittelt auf.

„Ich muß gehen, Daniel." Sie sah ihn an, als käme es ihr nur darauf an, seine Gedanken zu unterbrechen. „Meine Mutter wird jetzt mit der Fähre vom Festland kommen. Ich hab' versprochen, sie abzuholen."

„Vielleicht fahre ich morgen oder übermorgen wieder nach Skantzoura. Georgious hat mir angeboten, daß ich sein *kaíki* haben könne."

„Das ist sehr großzügig von ihm. Ein Fischer gibt sein Boot sonst nicht aus der Hand. Vielleicht will er dich als Käufer gewinnen, denn ich habe gehört, daß er das *kaíki* verkaufen will. Jedenfalls wünsche ich dir gute Fahrt. Und grüß mir Malkos." Sie lächelte.

„Hast du nicht mal Lust, mitzufahren?"

„*Ochi!*" So entrüstet kam ihr ‚Nei', wie es sich für ein junges Mädchen hier gehörte. „Vielleicht bringst du mir eine Rose mit?" Es lag mehr Provokation in ihrem Lächeln, als je zuvor, doch wartete sie die Antwort nicht ab, winkte nur kurz „*adío*, Daniel!" und verschwand mit schwingendem Rock hastig um die Hausecke. Daniel sah nur noch ihre schlanken Beine - und die beschäftigten ihn noch eine Weile ...

Der Abend kam rasch und mit ihm die Dunkelheit. Daniel schlenderte hinunter zum Hafen und die kleinen Flaniergäßchen entlang, die um diese Jahreszeit voll von lachenden und drängenden Touristen waren, die sich, braun gebrannt und sommerlich kokett bekleidet, von Taverne zu Taverne schoben. Manchmal hatte Daniel das Gedränge ganz gern, zumal die Saison auf Alonnisos nur wenige Wochen währte. Er ordnete sich in die Masse der Urlauber ein, bummelte ziellos auf und ab. Dieses Flanieren war bei den Griechen, wie in allen südlichen Ländern, ein ganz wichtiger sozialer Bestandteil ihres Lebens: Hier traf man Nachbarn und Freunde, hier hielt man den belanglosen Schwatz, tauschte Neuigkeiten aus, hier lebte man als Teil eines Ganzen.

Daniel war noch unschlüssig, in welche Taverne er gehen sollte, da blieb er wie angewurzelt stehen. Im Gedränge der schwatzenden Köpfe entdeckte er Malkos. Natürlich, er war es. Das verwaschene grüne Hemd, die in den Nacken fallenden Haare, die hohe Stirn und seine gebogene Nase zwischen den forschenden, aber freundlichen, tiefliegenden Augen. Er erkannte alles genau. Und hatte Malkos nicht auch ihn gesehen? Trafen sich nicht ihre Blicke für einen winzigen Augenblick? Daniel war sicher. Er glaubte sogar gesehen zu haben, daß Malkos rasch wieder wegsah, als er ihn entdeckte.

Wie kam der Alte hier nach Alonnisos? Was machte er hier? Warum blieb er nicht stehen, wenn er ihn erkannt haben sollte? Daniel hastete los, um den Alten einzuholen. Weit konnte er nicht sein, es waren kaum mehr als zwanzig Meter, die sie eben getrennt hatten.

Die Menschen, die Daniel unsanft beiseite

drückte, reagierten ungehalten und riefen ihm auf italienisch, englisch oder deutsch Grobheiten nach. Seine Entschuldigung konnten sie nicht mehr hören, denn sie war längst in eine andere Richtung gesprochen. Malkos blieb verschwunden. Daniel drehte sich nach allen Richtungen, lief weiter und erreichte die Mole, an der die Fischerboote festgemacht hatten. Er versuchte, das *kaíki* von Tássilos aufzustöbern. Vielleicht war er wieder zurück nach Alonnisos gefahren und hatte Malkos mitgenommen. Es war umsonst.

Da sah er den Alten mit einem Mal wieder. Diesmal von hinten. Er ging ganz gemächlich, als wäre er nie verschwunden gewesen, und war so nah, daß es Daniel leicht fallen mußte, ihn mit wenigen Schritten einzuholen. Er schlängelte sich ungeduldig zwischen zwei, drei Gruppen von Menschen hindurch, den Mann nicht mehr aus den Augen lassend, dann stand er hinter ihm, legte die Hand auf seine Schultern und keuchte etwas außer Atem:

„*Kali spéra*, guten Abend, Malkos.“

Der Mann drehte sich erstaunt um und sah Daniel an. Es war nicht Malkos. Es war Jannis, ein Fischer, den er nur flüchtig kannte, etwas heruntergekommen, mit zotteligen Haaren.

„*Kali spéra*, Daniel“, antwortete der Mann in ein verdutztes Gesicht, grinsend und sichtlich erfreut über die unerwartete Vertrautheit. Daniel murmelte eine Entschuldigung, er habe ihn von hinten verwechselt, denn er wußte um die verworrene Weitschweifigkeit des Mannes, der gern und oft dem Alkohol zusprach. Rasch drehte er sich um und tauchte in der Masse der Menschen unter.

Daniel war sich so sicher gewesen, Malkos erkannt zu haben, doch zwischen diesem Janni, dessen beste Tage weit zurücklagen, und Malkos bestand gerade soviel Ähnlichkeit, wie zwischen einem Vagabunden und einem Priester. Sollte es auch vorhin nur ein verwaschenes grünes Hemd gewesen sein, das ihn Malkos suchen ließ?

Langsam ging er zurück zu den Tavernen. Er fand einen Tisch bei Panajotis, der ihm von weitem schon zurief, er habe heute besonders frische und gute Fische, und bestellte abwesend sein Essen. „Vergiß den Wein nicht", rief er noch hinterher.

Später setzte sich ein Ehepaar zu ihm. Engländer, die sich als John und Felicitas vorstellten, sympathische Leute. Über der sich sehr angeregt entwickelnden Unterhaltung vergaß Daniel das Phantom und seine Verfolgungsjagd. Erst, als der hagere John erwähnte, sie hätten mit ihrem gecharterten Segelschiff erst vor drei Tagen auch die Insel *Skänsorä - that was the name, wasn't it, darling?* - angelaufen, da mußte Daniel auch wieder an Malkos denken. Ihre Begeisterung über die einsamen Badebuchten quittierte er nun nur mit einem abwesenden Lächeln. Ihn beschäftigte längst die Frage, ob er sich überhaupt Hoffnungen machen konnte, denn er war nun überzeugt: Zuerst - das mußte Malkos gewesen sein.

Am nächsten Morgen war Daniel schon früh auf

156

den Beinen, schlürfte seinen Kaffee in dem *kafenío*
direkt am Kai, wo die Fischerboote lagen, und entdeckte auch Georgious, der schon dabei war, sein
Boot vollzutanken. Mit geräuschvoll laufender
Pumpe stand der Tankwagen an der Mole, den
dicken, schwarzen Gummischlauch zum *kaíki* des Fischers ausgefahren. Verschwitzt und ölverschmiert,
eine Zigarette im Mundwinkel, behielt Niko, der
Tankwart, nur die laufende Zähluhr im Auge. Der Fischer stand breitbeinig gebückt auf dem *kaíki* und
horchte in den Tank, dem gurgelnden Diesel nach.

„*Kali méra*, Georgious", rief Daniel laut, um die
Pumpe zu übertönen. Der Fischer drehte sich um und
winkte ihm, an Bord zu kommen.

„Sag mal, hast du das gestern ernst gemeint, daß
ich dein Boot haben kann?"

„*Vevéos*, natürlich. Schon heute, wenn du möchtest. Das Wetter bleibt heiß, das Meer ruhig. Du
kannst bis morgen weg bleiben."

„Ich habe gehört, du willst das Schiff verkaufen?"

„Das ist richtig. Meinst du, es wäre was für dich?"

„Warum nicht ..."

„Fahr erst mal, und wir sprechen danach über alles."

Daniel war begeistert. Er ließ sich noch ein paar
Dinge erklären, vor allem das Funksprechgerät, und
steckte Georgious gegen viel Widerstand das Geld
für die Tankfüllung zu.

„Willst du wieder nach Skantzoura?" fragte der
Fischer.

„Wenn du nichts dagegen hast?"

„Absolut nicht. Aber erzähl's nicht herum. Fischerboote sollen privat nicht benutzt werden, weil wir den Sprit billiger einkaufen, verstehst du? Du machst eben eine längere Probefahrt, weil du an dem Boot interessiert bist. *Endáxi?* In Ordnung?"

„*Endáxi*, Georgious, und hab' tausend Dank."

Daniel besorgte sich noch ein paar Vorräte, frisches Brot, Ziegenkäse, Obst, Gemüse, Wasser, Wein und vorsichtshalber auch Fleisch, denn er wußte nicht, wie erfolgreich sein eigener Fischfang mit dem Haken am Nylonfaden sein würde. All die Vorräte zu bunkern, das Schiff klarzumachen und dann alleine abzulegen, war für Daniel ein so großartiges Erlebnis, daß er für Augenblicke das Ziel seiner Reise vergaß und sich ganz diesem neuen Vergnügen hingab. Das Meer war ruhig, nur ein ganz leichter Wind, der seine Richtung mit dem Sonnenstand im Laufe des Tages ändern würde, kräuselte das Blau. Daniel empfand ein jubelndes Gefühl der Freiheit. Der Kurs war klar, er konnte auf Sicht fahren. Zunächst mußte er die Inselchen Dio Adélphia ansteuern, und nachdem er sie passiert hatte, würde er vermutlich, trotz des dunstigen Hochdruckwetters, Skantzoura bereits ausmachen können.

Daniel genoß jede Sekunde. Nach etwa der halben Strecke kreuzten Delphine seinen Weg, ein kurzes Stück begleiteten sie das Boot, durchsprangen kühn die Bugwelle und leuchteten im spielerischen Abtauchen noch einmal silbrig auf. Vereinzelt drehten

Möwen neugierig und träge ihre Runden und zogen weiter, als sie merkten, daß keine Fischreste über Bord flogen. Am Horizont waren ab und zu die weißen Segel der Sommerskipper zu sehen.

Skantzoura tauchte aus dem Meer auf. Als er das Kloster sehen konnte und die Buchten anfingen, sich zu öffnen, maßen erste Kormorane mit langen Hälsen und aufgeregtem Kopfnicken Distanzen, tauchten ab, als das Boot ihnen zu nahe kam oder flogen mit schnellen Flügelschlägen ein paar hundert Meter weiter. In der Bucht, in der Daniel mit den Fischern die erste Nacht verbracht hatte, lag wie versteinert ein *kaíki* in der spiegelglatten See. Beim Näherkommen erkannte Daniel das Boot von Tássilo.

In Ruhe wählte er den Platz für die Nacht, ließ den Anker mit gut zwanzig Meter Kette ausgleiten und fuhr langsam an eine Felsnase heran. Der Sprung an Land und das Festmachen über einen Pflock waren beinahe schon Routine. Die Sonne stand bereits schräg, friedliche Vorabendstille machte die wunderbare Einsamkeit dieser Insel bewußt.

Daniel war noch nicht danach zumute, den Tag hier an Bord ausklingen zu lassen, und so entschloß er sich, einen Weg von dieser Bucht aus zum Kloster zu erkunden; es mußte ziemlich genau nördlich von seinem Ankerplatz liegen. Und da Tássilo hier auch sein *kaíki* hatte, mußte es einen Pfad geben. Der Weg könnte weiter sein als der andere, den er schon kannte, aber die Zeit bis zur Dämmerung müßte reichen.

Zuerst ging er über die Felsen dem Rund der Bucht nach, bis er tatsächlich einen Einschnitt in dem hüfthohen Strauchwerk wahrnahm. Ziegenlosung bedeckte reichlich den felsigen Untergrund. Daniel folgte dem verschlungenen Weg; insgesamt stimmte die Richtung, er behielt über das niedere Strauchwerk den Überblick. Erst als die Ziegen ihre Straße auf eine zum Meer sehr steil abfallende Felswand verlegt hatten, entschloß er sich, den Weg auf eigene Faust durch die Sträucher zu suchen. Schließlich stieß er wieder auf den ausgetrampelten Pfad und konnte bereits das Kloster ausmachen. Und dann stand er wieder zwischen der Einsamkeit der Gebäude, als wäre kein Tag dazwischen gewesen.

Keine Menschenseele war zu sehen. Beklommen schaute er zu der Wand, aus der sich Malkos das erste Mal gelöst hatte. Heute lag das Alleinsein hier oben schwer auf Daniel. Er konnte selbst den herrlichen Ausblick nicht so genießen; wie als Antwort auf seine gedrückte Stimmung versteckte sich der Himmel ganz plötzlich hinter einem milchig-weißen Dunst. Das Bewußtsein, allein auf einer Insel zu sein, kann berauschend schön sein, kann sich als Glück um die Sinne legen, weil es uns in der zivilisierten Welt so selten vergönnt ist, allein zu sein. Doch diesmal wußte Daniel um zwei andere Menschen - sie waren da und doch nicht greifbar -, und dieses Bewußtsein löste Beklemmung aus. Irgendwo zog Tássilos über das Eiland, seinen Ziegen hinterher. Und Malkos?

160

Der rotgoldene Ball am Horizont mahnte, den Weg zum Boot anzutreten. Daniel kehrte dem Kloster den Rücken. Da ließ ihn das Schlagen einer zufallenden Holztür zusammenfahren. Ein Windzug konnte es nicht gewesen sein. Der Abend war zu still. Mit schnellen Schritten lief er zurück zwischen die Gebäude, und da sah er sie stehen: Eine braune Ziege, die aus einem der halb verfallenen Verschläge gekommen sein mußte, in den sie vor der Hitze des Tages geflüchtet war.

Zutraulich meckernd kam sie auf Daniel zu und fing an, an seinen Hosenbeinen zu knabbern. Er ging zu dem alten Feigenbaum hinüber, unter den er sich vor zwei Tagen gesetzt hatte, um die Ruhe und den Ausblick zu genießen, und reckte sich nach einem grünen Zweig. Mit diesem unerwartet frischen Futter hatte er eine neue Freundin gewonnen, die ihm meckernd auf dem Weg zurück zur Bucht folgte und sich durch nichts mehr vertreiben ließ. In der Bucht schaute sie über eine Stunde zu, wie Daniel die dünne Nylonleine aufrollte und über das Heck ins Wasser warf, verfolgte schließlich seine Freude, als eine silbrige Geißbrasse am Haken zappelte.

Um seinen Fang zu braten, konnte er bereits wieder an Land gehen, denn seine Ziege hatte von annähernd dreißig buntgescheckten anderen, die mit hellen Glöckchen den Abend einläuteten, Gesellschaft bekommen und zog treulos mit diesen davon. So bereitete er sich in Ruhe, geschützt zwischen kantigen Felsen, ein kleines Lagerfeuer. Ein goldbrauner

Fisch, etwas Brot, ein Stück Gurke, eine Tomate und eine Flasche Wein - Daniel genoß sein idyllisches Glück; die nächtliche Stille vermittelte Einsamkeit und Frieden.

Wie eine silbrig glänzende Decke hatte sich der Nachthimmel ausgebreitet. Daniel lag auf dem Rücken, von den Felsen beschützt, neben ihm knisterte die Glut, warf im Verglimmen ein letztes rotgoldenes Licht auf die Felsen und versank darüber immer tiefer in der Asche. Der Ruf eines Käuzchens begrüßte den ersten zarten Schimmer des Mondes.

Sieben

Als erste laue Dämmerung über den Horizont kroch, sich ein wenig später der samtweiche, noch kühle Atem der Nacht mit der Wärme der frühen Sonnenstrahlen mengte, war Daniel ausgeschlafen wie selten. Hier, in seiner stillen Bucht konnte er das erste Erwachen des neuen Tages in vollen Zügen genießen. Das Boot war tropfnaß vom Tau, der sich zu großen Perlen und Rinnsalen gesammelt hatte, in denen sich nun funkelnd der neue Tag spiegelte. Die Luft war noch nicht erfüllt vom eintönigen Hämmern der Zikaden; erst vereinzelt war das Zwitschern der Vögel zu hören.

Die Natur räkelte sich friedlich aus dem Schlaf. Selbst das Meer gurgelte und schmatzte nur leise in kleinen Kavernen der Felsküste. Nicht einmal mit einem Sprung in das klare türkisfarbene Wasser über hellem Sandgrund mochte Daniel diesen Frieden stören; er beobachtete zunächst das Getümmel winziger Fische, die in völligem Gleichklang unter dem Boot hin und her zogen, dann wie erstarrt alle stehen blieben, als verbände ihre silbrigen Leiber ein feines Netz hochsensibler Nervenstränge. Erst als er ein

Stück Brot auf das Wasser warf, zersprang die Formation zu einem Hagel davonjagender Schlossen, um sogleich zurückzukehren und sich zappelnd auf die Beute zu stürzen.

Langsam ging er über die Felsen ins Meer, tauchte ab und schwamm mit kräftigen Zügen knapp über den sandigen Meeresgrund; das salzige Wasser spülte den Schlaf aus den Augen, prickelte lebendig auf der Haut. Bewegungslos ließ er sich treiben und legte dann einen Spurt zurück zum Boot ein. Dort bereitete er sich auf dem kleinen Gaskocher einen Kaffee und schlürfte ihn in der wohligen Wärme der eben über die Insel steigenden Sonne, die lange Schatten auf das Deck zeichnete. Um ihn herum, das war das Paradies.

Die Spannung der letzten Tage, der ungeduldige Wunsch, Malkos so schnell wie möglich wiederzusehen, wich mit einem Mal einer merkwürdigen Gelassenheit. Er war hier, und das war wichtig. Daniel wollte diesen Tag mit jeder Faser seines Seins genießen. Wenn er Malkos heute nicht traf, dann sollte es eben ein anderes Mal sein. Auch, ob er Malkos den gestrigen Abend in Patitiri gesehen hatte oder ob es eine Täuschung gewesen war, schien ihm nicht mehr so wichtig. Heute wollte er sich einfach über die Insel treiben lassen. Er sprang an Land und machte sich auf den Weg.

Die morgendliche Frische wich bald der gewohnten Hitze, die sich bis in die schattigen Senken schlich und über den Felsen die Luft zittern ließ. Einmal rückten die Wacholdersträucher so weit auseinander, daß er die Bucht erkennen konnte, in der sein *kaíki* neben Tássilos bewegungslos auf dem spiegelglatten Meer ruhte. Und dann hatte er wieder die ausgedörrte Ebene vor sich; das Kloster schien ihm heute fast anheimelnd, wie es sich da oben in seiner brüchigen Pracht von der Natur abhob.

Fast rauschhaftes Glück überkam ihn heute, als er von hier oben wieder in die unendlichen Weiten schaute. Der Tag war klarer als gestern. Nördlich von Alonnisos und Peristéra konnte Daniel diesmal auch die Inseln Kíra Panagiá, Gioura und Pipéri sehen, im Südosten unterbrach als gewaltiger Brocken Skyros die zerfließende Nahtstelle von Himmel und Meer, von Süd bis West streckten sich die weichen Säume des Berglandes von Euböa, Skopelos schloß den Zirkel und lehnte sich erhaben an Alonnisos. Dazwischen breitete sich das Meer wie ein großes blaues Tablett, auf dem die Inseln gereicht wurden, nur gegen die Sonne kräuselte es sich silbrig, da funkelten Milliarden Lichtpunkte und blendeten den Blick.

Daniel setzte sich wieder auf die Bank mit dem Mühlsteintisch davor. Das dunkle Grün der zum Meer abfallenden bauschigen Wogen aus Sträuchern und Bäumen hob sich in hartem Kontrast von dem lapislazuliblauen Meer ab. Als er das erste Mal hier saß, hatte er nicht die Muße, die Schönheit dieses Ausblicks auf sich einwirken zu lassen, so kam ihm der Platz hier faszinierend wie nie geschaut vor. Von irgendwoher schlich sich der helle Klang von Ziegenglocken herauf, nur vorübergehend im Verwehen eines Windhauches, der ihn ebenso schnell in eine andere Richtung davontrug. Oder es schob sich auf dem Wanderweg der Ziegen ein Hügel dazwischen und gab Stille zurück. Sein ganzes Fühlen und Denken ruhte sich in der Weite aus.

Beinahe hätte er Malkos und den ursprünglichen Grund seines Hierseins vergessen, da hörte er hinter sich das Knirschen von Schritten auf dem ausgetrockneten Boden. Er drehte sich um - und sah den Alten. Lächelnd kam er auf Daniel zu. Sie grüßten sich ohne viel Gestik, aber ihre Blicke verrieten, daß sie sich freuten, einander wiederzusehen. Kein Wort darüber, daß Daniel schon so schnell wieder da war; alles schien selbstverständlich. Malkos machte keine Anstalten, sich wieder auf die Bank zu setzen. Nur mit einem kurzen ‚Gehen wir' forderte er Daniel auf, mit ihm zu kommen. Er wählte die Richtung, aus der Daniel gestern abend heraufgekommen war. Sie erreichten den Ziegensteig, die Sträucher wurden dichter; Daniel schritt hinter dem Alten her, ungefähr bis zu der Stelle, an der er gestern abend den schmalen Pfad verlassen mußte, weil die Ziegen hier ihren Wechsel über die steilen Felsen verlegten. Malkos wandte sich nach Süden, das Strauchwerk wurde höher, und Daniel hatte Mühe, ihm durch das um sich schlagende Dickicht zu folgen, in das sich nie zuvor ein Mensch oder auch eine Ziege verirrt zu haben schien. Er stolperte, hielt sich links und rechts an harzigen Zweigen, hastete gebückt ein paar Schritte, um den Alten wieder einzuholen, kroch manchmal auf allen Vieren, und spürte das Brennen der Schrammen im Gesicht.

Endlich teilte sich das mannshohe Gehölz zu einer kleinen Lichtung. Das Gelände fiel leicht nach Süden hin ab und machte den Blick wieder frei auf die Küste. Daniel stand jetzt neben Malkos und wischte sich mit dem Handrücken den Schweiß von der Stirn. Dem Alten war nichts anzumerken. Er sagte ruhig:

„Wir sind da. Das ist mein Zuhause."

Daniel sah suchend über das karge Feld. Da nahm er im Schatten eines alten, verwildert ausgreifenden Olivenbaumes ein kleines, aus kaum behauenen Felsbrocken aufgetürmtes Haus wahr. Das nur zur Hangseite hin abfallende Dach war mit rohen Steinplatten gedeckt. Aus Stein gehöhlte Rinnen senkten sich vom Dach in einen kleinen, gemauerten Brunnen, in dem das seltene Regenwasser gesammelt wurde. Viel konnte es nicht sein. Rund um die Hütte war das Geröll zu Haufen beiseitegeräumt, um längst gelb gewordenen Disteln Platz zu machen. So grau in grau duckte sich das Haus in seine Umgebung, daß es Daniel zunächst gar nicht aufgefallen war. In seiner Armseligkeit konnte es nur einem Menschen kärglichen Schutz bieten, dessen geistige Kraft sich selbst genügte, stark genug war, in dieser Einsamkeit, den Naturkräften ausgeliefert zu überleben.

Daniel merkte an seiner Überraschung nur, daß er immer noch für möglich gehalten hatte, Malkos sei mit einem Boot auf die Insel gekommen. Zu dieser ...

Hoffnung? hatte natürlich auch Assimínas Ironie beigetragen. Daß Malkos nun tatsächlich hier eine Hütte bewohnte, von der niemand sonst wußte, machte Daniel sprachlos.

Er mußte wieder an die Erzählungen des Alten denken, die so fesselnd und mitreißend waren, daß sie ihn wie hypnotisiert von dieser Insel abgehoben und in völlig andere Welten versetzt hatten. Die Worte des Alten rissen Kathedralen ein und ließen Schlösser entstehen, preßten Jahrhunderte zusammen und schenkten Augenblicken ewiges Leben, opferten Ruhm und Prunk der Lächerlichkeit, um das Vollkommene in der Zartheit einer Blüte zu entdecken. Und nun war es diese steinerne Hütte auf einem winzigen, der Wildnis abgetrotzten Fleckchen Erde, ringsum bedrängt von Geröll und harzigem Gehölz, die dem Genius das Zuhause sein sollte? Vielleicht war es doch nur ein Unterstand, in dem er für ein paar Tage blieb, und sein Schiff, mit dem er zu kommen pflegte, lag irgendwo versteckt dort unten am Meer in einer der zahlreichen Buchten zwischen den Felsen.

Stumm folgte Daniel dem Alten die wenigen Schritte hinab zu der Hütte; er sagte nichts, weil er nicht wußte, was. Es war klar, daß er nicht mit einem oberflächlichen Lob kommen konnte, nur weil das Haus einen so herrlichen Ausblick bot. Es blieb ärmlich. Kaum, daß die notwendigsten Ansprüche an ein menschenwürdiges Dasein erfüllt werden konnten. Und doch, irgendwie kam im Näherkommen Geborgenheit auf - weil das schüttere Blattwerk des Olivenbaumes das grelle Sonnenlicht über dem steinernen Dach brach, weil auf engstem Raum ein wenig Ordnung geschaffen war, ohne die Natur allzu sehr zu verletzen. Geborgenheit, weil die Hütte mit Liebe belebt war und geadelt durch die Einsamkeit. Und der Rosenstock? Konnte hier eine Rose gedeihen?

Nach Süden hin, an der Vorderseite der Hütte, umschloß eine gemauerte Einfriedung einen kleinen Innenhof, über den ein nur locker mit Zweigen gedecktes Dach das Licht der Sonne brach; aus Geröll aufgetürmte Säulen stützten es; Efeuzweige wehten wie Perlenvorhänge zwischen den Säulen und verwehrten den Blick in den Innenhof. Malkos bückte sich unter die Zweige und betrat den Patio, Daniel folgte ihm. Der Alte setzte sich auf eine Steinbank neben der schmalen Tür, die nur ein verschlissener Teppich schloß, der sich in einem Luftzug sanft zur Begrüßung bewegte. Es war angenehm hier.

Die Bank bildete einen Winkel und umschloß so von zwei Seiten einen wuchtigen Marmortisch. Daniel erinnerte sich an den verlassenen Marmorbruch auf Skantzoura, doch wie der Alte die Platte hierher geschafft haben mochte, war ihm ein Rätsel.

Malkos forderte ihn auf, übers Eck Platz zu nehmen. Daniel schob sich auf die Bank und genoß den kühlen Marmor der Tischplatte unter den müde aufgestützten Armen. Da fiel sein Blick in das gegenüberliegende Ende des kleinen Patio, ihm stockte der Atem: Gewaltig wuchs da im Halbschatten ein wun-

169

derschöner Rosenstrauch. Eine üppige Oase in der trockenen Armseligkeit der Umgebung. Sonnenstrahlen, die sich durch die Zweige schlichen, erhellten ein Wunder aus dunkelgrünem Laub und milchweißen Blüten mit gehauchtem roten Blattsaum, dazwischen Juwelen karminroter Knospen. Es war die Leda, die Damaszener Rose. Es war die Königin der Blumen, mit deren Zauber der Alte ihn durch Jahrhunderte getragen hatte.

Daniels überwältigtes Schweigen war mehr als Worte. Ein Anflug von Stolz huschte mit einem Lächeln über das faltige, wettergegerbte Gesicht des wundersamen Gärtners.

„Gefällt sie dir?" zeigte Malkos liebenswerte Menschlichkeit.

„Natürlich - wie hast du es nur möglich gemacht, auf dieser Insel einen so fantastischen Rosenstrauch zu züchten. Es muß Jahre gedauert und unendlich viel Mühe gekostet haben."

„Was sind Jahre, gemessen an der Ewigkeit? Es hat seine Zeit gebraucht, natürlich, und auch viel Mühe und Liebe", sagte der Alte.

„An dem Haus, in dem ich auf Alonnisos wohne, ranken gelbe und weiße Heckenrosen, und an den Wegen gedeihen vereinzelt rote Strauchrosen. Seit du mir das letzte Mal so viel über Rosen erzählt hast, sehe ich sie mit anderen Augen und ...", Daniel unterbrach sich, als er bemerkte, daß Malkos nicht eigentlich zuhörte, wie schon so häufig, wenn er einmal mehr als nur kurze Kommentare von sich gab. Er entdeckte einen Ernst in dem Gesichtsausdruck des Alten, der es ihm von selbst verbat, weiter zu reden oder Fragen zu stellen. Als die Stille jene knisternde Spannung ausstrahlte, die Malkos offensichtlich für seine Worte wollte, fing er an zu erzählen, nachdenklich und langsam:

„Ich hatte dir erzählt, daß dieser Rosenstrauch ein Geheimnis birgt. Nun, ich will es dir heute mitteilen. Dazu sind wir hier." Eine gut inszenierte Pause, dann fuhr er fort: „Die Rose hier ist nicht so gesund, wie es den Anschein hat. Seit einiger Zeit beobachte ich an dem Strauch einen Schädling, der mit seinen Eigenschaften, ja, ich möchte fast sagen, seinem Verhalten, alles bisherige Wissen über Schädlinge an Rosenstöcken auf den Kopf stellt. Aber gehen wir der Reihe nach vor. Wenn du genau hinsiehst, wirst du zunächst einmal einige Blätter erkennen, die sich nach innen etwas eingerollt haben."

Er war aufgestanden und ging nun zu dem Rosenstock hin. Daniel folgte ihm und konnte erkennen, was Malkos meinte: Die Blätter waren nicht nur eingerollt, als krümmten sie sich vor Schmerz, sie hatten auch regelrechte Verkrüppelungen, Beulen und Verwerfungen. Vorsichtig kehrte er ein Blatt mit seiner Unterseite nach oben und entdeckte an der Mittelrippe des Blattes Reihen saugender, grüner Stäbchen.

„Es scheinen Blattläuse zu sein", sagte Daniel.

„Hast du dich schon einmal näher mit der Blattlaus beschäftigt?" fragte Malkos.

„Nein, warum sollte ich? Ich bin Fotograf und kein Botaniker. Als ich einmal bemerkte, daß zwei der Rosenstöcke vor meinem Haus von Läusen befallen waren, besorgte ich mir ein Spray und behandelte sie damit. Jetzt sind sie wieder gesund und voller Blüten. Ich habe das Problem eigentlich sehr schnell aus der Welt geschafft."

Malkos schmunzelte hintergründig und ging auf Daniels Rosenpflege nicht weiter ein.

„Sieh dir die jungen Triebe und Knospen an", fuhr er fort und hielt einen Zweig mit gespreizten Fingern zwischen den Dornen.

Der Befall war gewaltig. Das konnte Daniel jetzt genauer sehen. Kleine grüne Blattläuse hatten den Trieb so dicht besetzt, daß der noch rote Spross grün zu sein schien, aber nicht glatt und schlank, sondern mit den kleinen grünen Leibern der Laus aufgebläht. Sogar an den Stengeln der Blütenknospen entdeckte er dichte Ansammlungen des Schädlings. Daniels Blicke wanderten über die Rose, von Blatt zu Blatt, von Zweig zu Zweig, und wo er auch hinsah, mußte er die gleich Entdeckung machen: Über und über war der Strauch verseucht, kaum ein Trieb oder ein Blatt, auf dem nicht schon der Befall zu sehen war. Er war betroffen und seltsam ergriffen. Der herrliche Rosenstock zeugte von so viel Liebe. Ein Sonnenstrahl traf eine gesunde offene Blüte, deren dicht gedrängte Blätter duftigen Volants glichen, eingerahmt von feinen karmesinroten Rändern. Ein betörend intensiver Duft ging von dem ganzen Rosenstock aus - als

172

befände man sich inmitten eines Rosengartens und nicht auf dieser Insel.

„Komm, setzen wir uns wieder", sagte Malkos, und er kam Daniel vor wie ein besorgter Vater, der tapfer seine Angst verbirgt.

„Und was machst du gegen diesen Schädling?" fragte er den Alten mitfühlend.

„Nichts!" Malkos sah Daniel herausfordernd an.

„Nichts? Es gibt doch Pflanzenschutzmittel oder auch natürliche Möglichkeiten, diesen Schädling zu bekämpfen und den Rosenstock damit zu retten."

Der Alte sah Daniel ernst an und schüttelte leicht den Kopf.

„Warum glaubst du, daß man immer und gegen alles etwas tun kann oder muß, das gegen das eigene Weltbild verstößt?"

Daniel begriff ihn nicht. Was sollte dieser von Läusen befallene Rosenstock mit irgendeinem Weltbild zu tun haben? Malkos mußte sich so manches Mal das Wasser buchstäblich vom Munde abgespart haben, um damit den Rosenstock zu ziehen. Und nun sah er untätig und apathisch seinem Sterben zu?

Zum ersten Mal tauschten die beiden befremdete Blicke. Daniel entdeckte keinen Sinn im Handeln des Alten. Er sah hinüber zu dem Rosenstock. Aus der Entfernung von vielleicht vier Metern und im Halbschatten der Zweige konnte er den Befall nicht entdecken, und er glaubte, den wunderbarsten Stock weißer Damaszener Rosen vor sich zu haben, den die Welt je gesehen hatte.

„Daniel", sagte der Alte sehr leise, um den Ernst seiner Worte zu betonen, „dies hier ist keine normale Laus. Als ich den Befall bemerkte, habe ich zunächst aus Neugier die Läuse mit einem Vergrößerungsglas beobachtet. Alles war ganz normal. Ich sah die Läuse sich an der Unterseite der grünen Blätter sammeln, beobachtete, wie sie die jungen, noch roten Triebe befielen und sich nach und nach auch an den grünen Blättern der wunderschönen roten Knospen festsetzten. Ich habe dieser Erscheinung zunächst keine besondere Bedeutung beigemessen, denn Blattläuse an Rosen sind gerade in diesem warmen und trockenen Klima nichts Ungewöhnliches, das wirst auch du wissen."

„Ich habe irgendwo gelesen, daß man sie mit einem scharfen Wasserstrahl abspritzen kann."

„Nun, so viel Wasser habe ich hier nicht", Malkos lächelte bei dieser Bemerkung und fuhr dann fort: „Eine Sintflut hat noch nie geholfen. Aber ich habe anderes bemerkt, und davon will ich dir erzählen: Ein Freund hat mir einmal ein kleines Mikroskop geschenkt, das ich mit viel Mühe so aufgebaut hatte, daß ich die Blattläuse genauer beobachten konnte, so genau, als befände ich mich in ihrer Welt. Ich habe dabei Dinge entdeckt, die ich zunächst selbst nicht glauben mochte. Verhaltensweisen, die mir absurd erschienen. Letztendlich mußte ich es glauben, weil ich es immer wieder mit eigenen Augen sah, und zwar in allen Einzelheiten. Kannst du dir vorstellen, daß diese Blattläuse sich gegenseitig ermorden?"

„Sich ermorden? Du meinst sie fressen sich gegenseitig auf? Das habe ich von Läusen noch nie gehört. Aber, wenn dem so wäre, dann erledigt sich dein Problem doch von selbst."

Malkos ging nicht weiter auf den provokativen Ton ein.

„Sich gegenseitig ermorden, sagte ich. Es ist Mord, wenn nur um des Tötens willen getötet wird. Ich habe beobachtet, wie sie morden und die toten Artgenossen liegen lassen. Nicht nur vereinzelt, sondern zu Dutzenden, zu Hunderten. Ich wollte es zuerst nicht glauben, aber es kam immer wieder vor und immer wieder, trat häufig so konzentriert auf, daß ich dahinter ein System vermute, eine Veranlagung, ein genetisches Fehlverhalten."

Es lag eine Spannung in der Luft, die Daniels Zweifel für den Augenblick nebensächlich erscheinen ließen. Er spürte, daß es dem Mann bitter ernst war. Sein Blick war jetzt nicht mehr auf den Rosenstock gerichtet, sondern ging nach innen. Er zog für sich selbst Bilanz, faßte vielleicht zum ersten Mal in Worte, was ihn seit Wochen oder Monaten beschäftigte.

„Was ich erst nicht glauben mochte", fuhr Malkos langsam fort, „was zunächst wie eine Täuschung ausgesehen hatte, war folgendes: Eines dieser vielfüßigen, kleinen grünen Stäbchen war über das andere Insekt hergefallen, von hinten über den anderen Körper, wie bei einem Paarungsakt. Nach einer Weile war es weitergekrabbelt, als wäre nichts geschehen. Eine leblose Kreatur blieb zurück. An anderen krabbelte es vorbei, ordnete sich wieder ein in das Gewühl der anderen, den noch roten Stengel eines keimenden Blattes entlang, wo schon zwei Dutzend weitere unersättlich und unermüdlich den klebrigen Saft der Rose tranken. Die tote Laus aber war hängengeblieben, hatte sich irgendwann aus dem feinen Fell der Blattunterseite gelöst und war vom Strauch ins Nichts gefallen."

Daniel sah den Alten ruhig an.

„Weißt du dir eine Erklärung dafür? Ich meine, konntest du herausfinden, warum die eine Laus die andere getötet hat?"

„Nein", antwortete Malkos, „nein, das konnte ich nicht. Futterneid war nicht zu erkennen - es gab genügend freie Saugstellen an diesem Blatt - also war die eine der anderen nicht im Weg. Doch hör zu! Ich beobachtete die Wiederholungen des zunächst Unglaublichen. Der Ermordung einzelner war die Tötung von Gruppen gefolgt. Und inzwischen weiß ich, ganze Kolonien vernichten sich gegenseitig ohne erkennbaren Sinn. Sie fallen übereinander her, reißen sich Fühler und Beine aus, verstümmeln die kleinen Körper, reißen sich gegenseitig die Saugrüssel ab oder verkleben sie, so daß sie langsam verhungern, umringen den Kampf von zweien wie Zuschauer, um dann die unterlegene Laus liegenzulassen, bis auch sie vom Blatt fällt, so wie Dutzende, Hunderte und Tausende vor ihr. Ermattet vom Morden stürzen sie sich dann wieder auf die jungen Triebe der Rose, um alle Lebenssäfte aus den erwachenden Blättern und Blüten zu ziehen und hinterlassen auch hier nur welkes Sterben. Und noch etwas Unglaubliches habe ich beobachtet: Nicht nur um zu weiden, befallen sie die Triebe, Knospen und Blätter, nicht um Hunger zu befriedigen, sondern sie kommen auch, um an der Unterseite unzähliger Blätter einen gelben stinkenden Schaum abzuladen, dessen Bläschen in der Luft erstarren, sich wie Kristalle übereinander türmen und die feinen Adern des Blattes unter sich begraben und ersticken. Ist die stinkende Fracht abgeladen, ziehen sie weiter, Zerstörung hinter sich lassend und neue Vernichtung suchend. Die Blätter aber rollen sich dann nicht ein, krümmen sich nicht und gebären keine geschwülstigen Beulen wie sonst, sie tragen schwer an den erstarrten Kristallen, verdorren, schmücken sich im Juni mit der Farbenpracht des Herbstes und fallen ab. Und wie das Herbstlaub mit jedem Tag der Färbung dem Stamm wichtige Stoffe zurückgibt, so geben diese unter dem Schaum erstickten Blätter das Gift des glibberigen Sekrets an den Stamm, bevor sie zu Boden torkeln. Die Pest schleicht sich nun auch in die Zweige, die noch gesundes Laub und Blüten tragen. Die erkrankten Zweige brechen, weil sie nicht mehr Kraft haben, die Last zu tragen und fallen ins Nichts - mit ihnen die Läuse, die sich ihres Selbstmordes nicht bewußt sind.

Doch, Daniel, zu dem Schrecken kommt der Gegensatz, zum Dunkel das Licht: Die sinnlose Aggressivität, das Morden aus Lust hat seinen Widerpart in Fürsorge und Liebe gefunden, die ich ebenso bei diesen Läusen beobachten konnte. Sie hegen und liebkosen Verletzte und Kranke; zwei, drei bemühen sich um ein halbtotes Insekt, schleppen in winzigen Perlen das Sekret der Rose herbei, päppeln die Schwachen hoch, bis die Verletzten sich wieder selbst versorgen können. Wie, um ihre Freude darüber auszudrücken, drehen sich die kleinen Wesen im Kreis, bevor sie den Pflegling aus ihrer Fürsorge entlassen, der oft nur bis zum nächsten Blatt kommt, wo er der Aggressivität anderer wieder zum Opfer fällt und damit alle Mühsal zum Nichts zerrinnt ... So ziehen die Blattläuse liebend und mordend, weidend und zerstörend von Blatt zu Blatt, von Trieb zu Trieb, von Stengel zu Stengel. Dabei richtet sich ihre Zerstörungswut auch gegen das andere Leben auf dem Rosenstock, gegen beflügelte Insekten, die nur kommen, den Blütennektar zu saugen. Auch sie werden überfallen und ermordet. Ja, auch ich hatte zunächst die Hoffnung, Daniel, sie würden sich durch ihr gegenseitiges Morden so in Grenzen halten, daß sie den Rosenstock selbst nicht gefährden. Aber dem ist nicht so. Im Gegenteil: Töten sich zehn, entstehen hundert neue, morden sich hundert, wachsen tausend nach, schlachten sich tausend, wächst die Zahl der Nachfolgenden ins Unermeßliche. Es scheint, als ob der Tod selbst gebiert, als ob Leben in Überzahl entstehen muß, damit Sterben zur Orgie werden kann. Es ist die Euphorie, die dem Zusammenbruch vorausgeht ... Und da ist nicht eine Macht, die dem Wahnsinn Einhalt gebietet ..."

Malkos schwieg erschöpft. Daniel beobachtete ihn und überlegte, ob Resignation und Hoffnungslosigkeit gespielt seien, ob sie zur Dramaturgie eines schauerlichen Märchens gehörten, das er hier erzählt bekam. Doch er spürte, wie die Worte des Alten sein Inneres ausbrannten, sah den Schmerz über die Ermordung seiner Liebe. Ganz leise fragte Daniel schließlich:

„Und warum unternimmst du nichts?"

Langsam - ja stolz hob der Alte den Kopf. Ein feines, kaum wahrnehmbares Lächeln verwandelte sein Gesicht. Ein maliziöses Lächeln, das Überlegenheit und Verachtung zugleich in sich barg.

„Die Blattlaus, Daniel", sagte der Alte sehr bedächtig mit einer seltsamen, fast fanatischen Kraft in der Stimme, „hat als Lebensraum nur diesen einen Rosenstock. Verstehst du mich? Hat sie ihn erst ganz besetzt, läßt sie keinen Trieb unverschont, saugt sie aus ihm den letzten Saft, den er zum Leben braucht, hat sie das letzte Blatt mit ihrem stinkenden, giftigen Schaum bedeckt, dann stirbt der Strauch. Und was ist dann?"

In seinen fragenden Augen steigerte sich noch das Lächeln zum Triumph - dieses Lächeln, das die Zukunft kannte und deshalb die Gegenwart schon zur Vergangenheit werden ließ.

„Mit dem Ende des Rosenstocks, mit dem Tod der Rose von Skantzoura, ist auch das Ende der Laus gekommen, denn sie hat hier auf dieser Insel mit ihrer anspruchslosen und widerstandsfähigen Vegetation keine Überlebenschance. Siehst du nun, warum ich nichts unternehme, nichts unternehmen darf?"

„Läßt du deinen Rosenstock lieber eingehen, als daß du den Schädling bekämpfst? Liebst du deine Rose denn nicht?"

„Doch, Daniel .., doch, ich liebe sie", antwortete Malkos heftig und mit überzeugender Stimme, „aber weißt du, vielleicht ... vielleicht bleibt ja der Wurzel des Rosenstocks so viel Kraft, daß er sich wieder erholt und neu treibt. Daran klammert sich meine ganze Hoffnung. Wenn nicht, dann ist es nur dieser eine Rosenstock hier auf Skantzoura, der eingeht. Es wäre schade um ihn, sehr schade, denn er ist besonders schön. Aber zugleich wäre dies der sicherste Weg, diese Laus ein für allemal auszurotten. Jedes andere Mittel ließe vielleicht einzelne überleben, machte sie resistent und ... wer weiß, welchen Schaden sie dann noch anrichten würde. Du mußt wissen, daß ich während meiner Untersuchungen und Beobachtungen zu der Überzeugung gekommen bin, daß es sich bei dieser Laus um eine Mutation handelt, die man als Fehlschlag der Natur bezeichnen kann. Sie setzt sich in ihrem Einfallsreichtum, was das eigene Überleben angeht, zweifellos über ihre Artgenossen in anderen Gegenden, auf anderen Rosenstöcken hinweg. Sie zeigt manchmal sogar intelligente Züge, und dennoch macht sie sich zur Gefangenen ihrer eigenen Gegensätzlichkeit: Die Lust, die eigene Art zu lieben und zu töten, die übertriebene Fürsorge auf der einen Seite und die brutale Grausamkeit auf der anderen, das macht sie mir unheimlich. Auch wenn ich meine Rose opfern muß, ich möchte, daß diese Kreatur verschwindet! Sie widert mich an!"

Daniel sah den Alten an, unfähig zu irgendeiner Reaktion. Das also war sein Geheimnis, das Geheimnis von Skantzoura. Es klang alles so unglaublich ... In den Augen von Malkos entdeckte Daniel Traurigkeit, aber auch trotzige Entschlossenheit, als er fortfuhr:

„Zuerst sterben die jungen Knospen, dann wird der Strauch seine Blüten verlieren und zuletzt seine Blätter. Es wird jetzt alles sehr schnell gehen, Daniel. Das ist der Grund, warum ich dir mein Geheimnis anvertraut habe. Was dann bleibt, ist ein Dornengestrüpp. Ich glaube, daß meine Entdeckungen einmalig sind, daß es sonst keine Blattlaus mit diesen Eigenschaften gibt. Sie ist ein Schädling, nicht nur aus der subjektiven Sicht von uns Menschen, die wir die Rose ganz besonders verehren und sie deshalb vor allen Schädlingen bewahren möchten, nein - diese Blattlaus ist ein Schädling für alles, was es in der Natur gibt, weil sie in ihrer Aggressivität, ihrer ungebremsten Mordlust, ihrer Vernichtungswut, ihrem orgienhaften Drang zu ungebremster Vermehrung ein nicht in die Ordnung der Natur passendes Fehlverhalten aufweist. Ihre von mir beobachtete Fürsorge und Liebe hingegen wird derart übertrieben zelebriert, daß ich den Verdacht nicht loswerde, sie ist nur Tarnung für weitere Gewalt oder Ausdruck eines hoffnungslosen Kampfes zweier Extreme, die für sich alleine gar nicht existieren könnten. Die Natur kennt diese Extreme sonst nicht."

Malkos unterbrach sich, als wollte er über das Gesagte noch einmal nachdenken. Er sah hinüber zu dem Rosenstock, zeigte mit ausgestreckter Hand auf den Strauch und beschwor mit lauter werdender Stimme die Zukunft:

„Hier wird es keinen Richter geben, Daniel. Hier wird niemand eingreifen. Hier entscheidet allein das Gesetz. Das Gesetz der Natur. Und dieses Gesetz sagt, daß vernichtet wird, wer sich gegen alles andere Leben richtet, daß vernichtet wird, wer sich aus der Gesetzmäßigkeit der Selbstregulierung absondert, und, daß zwangsläufig vernichtet werden muß, wer sich den eigenen Lebensraum unwiederbringlich zerstört. Ich werde nicht traurig sein, wenn diese ekelhafte Kreatur verschwunden ist, auch wenn mein Rosenstock dabei zugrunde geht. - Daß ein einzelner das Leid auf sich nehmen könne, ist die größte Lüge der Religionen - es wird immer das Ganze das Opfer sein!"

Er ließ den Arm sinken, legte die Hand ermattet zu der anderen auf den Tisch und betrachtete sie wie jemand, der weiß, mit diesen Händen nun nichts mehr tun zu können. Auch sein Gesichtsausdruck fiel müde in sich zusammen, so als habe er alle Kraft in seine Erzählung gelegt und sinke nun in die Sprachlosigkeit zurück.

Lange saßen sie so nebeneinander. Malkos umgab sich mit einer Mauer des Schweigens, die es Daniel unmöglich machte, in sein Denken einzudringen, geschweige denn daran teilzuhaben. Ohne den Blick noch einmal zu heben, ohne seinen Zuhörer noch einmal anzusehen, hob Malkos die Stille mit morscher Stimme auf, und ganz leise bat er:

„Daniel, es ist spät geworden. Die Sonne steht schon schräg. Wirst du den Weg zurück in die Bucht alleine finden?"

„Natürlich, Malkos."

Wie das letzte Mal, dachte Daniel, Malkos bricht das Gespräch ab, wenn er es für richtig findet. Aber was sollte er noch sagen. Er stand auf, ging zum Ausgang des Innenhofes und drehte sich, während er sich unter das niedrig gelegte Dach bückte, noch einmal um. Da saß der Alte am Tisch, zusammengekauert, immer noch gedankenverloren seine Hände betrachtend, das Gesicht noch fahler. Daniel wollte seine Versunkenheit nicht stören und wandte sich grußlos ab. Draußen empfing ihn das warme Licht des frühen Abends. Ihm war, als hörte er noch sagen: „Es wird jetzt schnell gehen, Daniel, sehr schnell."

Acht

Malkos Heim, so schien es, ließ Daniel leichter ziehen, als es ihn an diesem Tage aufgenommen hatte. Die Äste rissen nicht mehr an den Kleidern, die Zweige schlugen nicht mehr ins Gesicht, er fand den Weg zurück zum Kloster, ohne daß er sich des unwegsamen Geländes bewußt wurde. Oder nahm er nur all das Zerren und Reißen nicht wahr, weil sein Denken zurückblieb in dem kleinen Innenhof und noch immer zweifelnd den Rosenstock bestaunte? Und doch spürte er, wie sich mit jedem Schritt eine Umklammerung löste und jener vertrauten Einsamkeit wich, die er suchte, für die er Skantzoura und all die abgelegen Inseln, die er während seiner Arbeit kennengelernt hatte, so liebte.

Am Kloster verweilte er einen Augenblick, den sich neigenden Tag zu bewundern, sich in ihm zu erholen. Wie das rotglühende Eisen in der Zange des Schmiedes zischend im kühlenden Wasser verschwindet und Dunkelheit zurückläßt, näherte sich das Oval der Sonne nun rasend dem Abgrund, versank im Dunst der Ferne und nahm dieser Welt die Hitze und das Licht. Alles wurde blaß, schließlich grau. In diesem Augenblick der Stille vergaß sich die Welt, nur im Vergehen spiegelte sich die alles vernichtende Zeit.

Noch beeindruckt von dem Schauspiel machte sich Daniel auf den Weg zur Bucht. Die Müdigkeit ließ die Beine selber den felsigen Steig nach unten finden, er stolperte und strauchelte, balancierte unbeholfen auf schmalem Tritt, übersprang zu große Stufen und häufig rettete ihn nur der Griff in die Zweige vor dem Fall. Glücklich erreichte er das Halbrund der Bucht und ging sofort an Bord des *kaíki*. Bevor er ablegte, warf er einen Blick zurück. Wie gebundene Sträuße standen Sträucher und Büsche vereinzelt zwischen dem Fels, sich in der Dämmerung schwarzgrün vom hellen Stein abhebend, um weiter hinauf zusammenzuwachsen zu dunklen Wolken, die sich als weich-welliger Scherenschnitt vom blassen Himmel abzeichneten. Am Strand hatte die Kraft der Wellen den felsigen Küstenstreifen in Monolithe aus Marmor zersägt, die dicht gereiht Spalier standen - wie Grabsteine, die zum Abschied grüßten. Die Totenglocke hing am Hals einer Ziege irgendwo im Gestrüpp, die letzte Musik dieses Abends war hoch oben in den Sträuchern die blecherne Armseligkeit eines Fasanenschreis.

Daniel nahm Kurs auf Alonnisos. Die Sonne ließ leuchtende Bronze zurück, die ins Meer versank, mit ihm eins wurde und ein großes, glänzendes Schild ziselierte, auf dem das Schiff dahinglitt. Skantzoura lag als dunkles Nichts hinter ihm - unmöglich, das ver-

186

glimmende Licht vor ihm einzuholen. Die Nacht war schneller und griff mit weit ausholenden Fingern nach dem Mann und dem Boot.

Nach einer Fahrt, während der die Zeit im monotonen Dröhnen des Motors verlorenging, erreichte er die rot und grün beleuchtete Hafeneinfahrt von Patitiri. Nächtliches Vergnügen warf Glanz und Lärm hinaus auf das schlafende Meer. Vor der Lichterkette der Tavernen zeichneten sich die dunklen Schatten der Fischerboote ab. Daniel fand eine schmale Lücke, in die er das Boot zwängte und festmachte.

Nun merkte er, daß er den ganzen Tag nichts gegessen hatte und ihn nagender Hunger ins Leben trieb. Obwohl es auf Mitternacht zuging, war der Trubel zwischen den Tavernen ungebrochen. Der Lärm und die vielen Lichter taten ihm nach der Einsamkeit fast weh. Die Taverne von Mítsou schien einigermaßen ruhig heute, so kehrte er bei ihm ein. Lächelnd schob der Wirt seinen feisten Bauch durch die Tischreihen und begrüßte Daniel.

In der Küche suchte er sich zwei kleine Barben aus und setzte sich an einen leeren Tisch. Während die Fische zubereitet wurden, stippte er mit etwas Weißbrot in einer Portion *tzatzíki* und trank gedankenverloren die ersten beiden Gläser *retsina*. Was würde Malkos jetzt essen? Merkwürdig, daß sich manchmal die größten Banalitäten Platz verschafften, gerade wenn man glaubte, daß einem eigentlich nicht danach zumute wäre. Und doch fiel es ihm schwer, sich das normale Leben des Eremiten auf Skantzoura vorzustellen.

„*Kalí órexi*, Daniel, guten Appetit."

Mítsou brachte die Fische und beendete damit die hoffnungslosen Versuche, das am Tage Erlebte zu ordnen. Die Fische von ihren Gräten zu befreien, die Filets mit einer aus Zitronensaft und Olivenöl verquirlten Soße zu überziehen und dann dieses köstliche Essen zu genießen, brachte ihn endlich auf andere Gedanken. Erst mit dem letzten Glas Wein und einer Zigarette fand er die Muße, die Menschen um sich herum wahrzunehmen: Ein paar vertraute Gesichter von Fischern, sonst Touristen, deren lauter werdende Fröhlichkeit verriet, woher sie kamen: Meist Griechen vom Festland, aber auch Italiener, Engländer, viele Holländer und Deutsche.

Da entdeckte Daniel in der Taverne nebenan Assimína, die abwesend den Gesprächen einiger Freunde zuhörte. Sein Besuch auf Skantzoura und die Erzählung von Malkos hatten in ihm ein Gefühl der Leere und Ratlosigkeit hinterlassen; mehr denn je sehnte er sich nach der Nähe dieses Mädchens. Assimína sah auf und lächelte ihm einen Gruß zu. Ihre wilden schwarzen Haare waren nur mit einer Spange zurückgenommenen, ihre großen, dunklen Augen erschienen ihm heute noch schöner in ihrem braunen, hübschen Gesicht. Ein weißes kurzes Mieder ließ dunkelbraune zierliche Schultern frei und bedeckte zwei aufregend kleine, feste Brüste. Sie sah bezaubernd aus. Aber, wie so oft, redete er sich auch dies-

mal ein, daß es mehr als dieses Lächeln, diesen Austausch von Sympathien, nicht geben würde - und mit
einem Mädchen dieser Insel nicht geben durfte. Er
unterdrückte das prickelnde Verlangen, zahlte sein
Essen und tauschte einen letzten Blick zum Gruß, als
er aufstand und zu seinem kleinen, offenen Gelände-
wagen ging. Aber noch bevor er den Motor angelas-
sen hatte, stand Assimína neben ihm:

„Ich dachte schon, du kennst mich nicht mehr.
Den ganzen Abend sitzt du nur vor deinem Essen
und hast nicht ein einziges Mal zu mir herüberge-
sehen", spielte sie beleidigt.

„Entschuldige. Ich war mit meinen Gedanken woanders. Ich erzähl's dir ein anderes Mal. Ich bin jetzt
nicht in der Stimmung."

„In was für einer Stimmung bist du denn?"

„Ziemlich durcheinander. Ich hab' dir ja gesagt,
daß ich wieder nach Skantzoura wollte. Vor einer
Stunde bin ich zurückgekommen."

„Hast du deinen Malkos getroffen? Was ist mit der
Rose? Wolltest du mir nicht eine Rose mitbringen?"

Daniel ärgerte sich über ihren Spott. Natürlich
hatte er die Rose vergessen. Es wäre auch zu dumm
gewesen, Malkos danach zu fragen. Deshalb entschloß er sich rasch, Assimína nichts von seinem Gespräch mit dem Alten zu erzählen.

„Ich habe Malkos nicht getroffen. Du hast wahrscheinlich recht. Er wird von einer anderen Insel gekommen und wieder zurückgefahren sein."

Assimína schien keine Lust zu haben, weiter über

dieses Thema zu reden. Sie lächelte versöhnlich, und ein vages Versprechen lag in ihren Augen, als sie etwas leiser fragte:

„Hast du Lust, mit mir zum Baden zu gehen?"

„Jetzt?" Einen Augenblick überschlugen sich seine Gedanken. Sollte er all seine reifen Vorsätze über Bord werfen, dieser Versuchung nachgeben? „Warum nicht", sagte er, eine lächerliche Gelassenheit vortäuschend, die nur sein letztes bißchen Unentschlossenheit verbergen sollte. „Komm, steig ein."

Die Straße war holprig und staubig, die Scheinwerfer ertasteten sich unruhig ihren Weg. Es dauerte nur ein paar Minuten, während derer sie kein Wort sprachen, bis sie die nächste kleine Bucht erreichten. Daniel löschte die Lichter; undurchdringliches Schwarz umgab sie. Noch einen Augenblick blieben sie im Auto sitzen, nur so lange, bis sie aus der Stille das leichte Klatschen der auf den Strand auflaufenden Wellen vernahmen und sich ihre Augen an das sanfte Licht des Sternenhimmels gewöhnt hatten. Assimína huschte aus dem Wagen, Daniel hörte nur das Rascheln ihrer Kleider, die zu Boden fielen, und dann sah er den Schatten ihres schlanken Körpers rasch auf das Wasser zugehen und langsam im Meer verschwinden. Er zog sich aus, ging ihr nach und folgte dem silbrigen Glanz, den sie beim Schwimmen um sich herum auf das Meer legte.

Als er sie erreichte, berührten sich ihre Körper. Sie wehrte sich nicht. Er nahm sie in die Arme, sie ließ es geschehen. All das, was sie immer versucht hatten, mit den Augen zu sagen, tauschten sie jetzt in der Dunkelheit mit der Berührung ihrer Körper aus - ganz langsam, ganz sacht, so wie auch das Meer sanft ihre Haut umspielte, als würde es sich an diesen Zärtlichkeiten beteiligen wollen. In Schwerelosigkeit schwebten und tanzten sie durch das Wasser, ließen einander nicht los und genossen das Salzige ihrer Küsse. Assimína umklammerte Daniel mit Armen und Beinen, sie duldete zuerst sein Verlangen und forderte dann eine Leidenschaft, mit der sie sich ineinander krallten und eins wurden. Die Nacht gab beiden die Sicherheit, zu tun, was sie längst gewollt hatten, vertrieb die Verzagtheit, das Zögern, die Zurückhaltung, die der Tag immer verlangt hatte. Assimína schien vergessen zu haben, daß sie als Mädchen dieser Insel Schande auf sich lud. Aber sie waren allein, konnten in der Vorstellung vergehen, daß es außer der Nacht, dem Meer und ihrer Leidenschaft nichts auf dieser Welt zu geben schien.

Daniel spürte weichen Sand unter den Füßen. Er zog das Mädchen langsam zum Ufer und legte sich in das seichte Wasser. Assimína kniete sich über ihn, setzte sich auf ihn und nahm ihn so leicht, so selbstverständlich auf, als wären sie schon immer Liebende gewesen. Er sah ihren Körper als wunderbar gezeichnete schwarze Silhouette vor schwarzem Hintergrund, nur mit einem feinen, silbrigen Glanz auf ihrer Haut, den Milliarden von Sternen in diesem Augenblick an das Mädchen verschenkten. Er spürte, wie sie den Rhythmus der Wellen nachspielte, nur dem Gefühl folgend und unregelmäßig wie das Meer. Und er sah, wie ihre Hände die Haare wühlten, die Brüste umklammerten, sich zwischen die Beine drückten und schließlich das Gesicht verbargen, um Ekstase zu verbergen, die doch nur ihnen gehörte. Und er spürte, wie die Hände schließlich ermattet fielen, ihr Körper sich auf den seinen legte und die erschöpfte Siegerin sich an ihn schmiegte. Ihre nassen Haare legten sich schwer über sein Gesicht und durchströmten ihn mit ihrem Duft und einem Rausch der Glückseligkeit. Liebevoll zeichnete er mit den Fingerspitzen Bahnen auf ihren Rücken und schrieb kosende Worte, bis eine Welle kam und die Erzählung fortspülte.

Ihr Atem wurde ruhiger, und eine leichte Gänsehaut erinnerte sie daran, daß sie noch im Wasser lagen. Da entließen sie sich aus der Umarmung. Bis sie sich später verabschiedeten, war kein Wort gesprochen worden. Worte hätten nur gestört, wären nur ein stammelnder Versuch gewesen, auszudrücken, was jeder ohnehin empfand. Nur für einen Augenblick noch saßen sie in seinem Auto vor ihrem Zuhause. Dann beugte sich Daniel zu ihr und gab ihr einen Kuß auf den Mund, so vorsichtig und kaum ihre Lippen berührend, als wagte er es nicht, sich der Leidenschaft von eben zu erinnern. Assimína hielt seinen Kopf mit beiden Händen und flüsterte leise: „*agápi mou!*" - es klang so viel zärtlicher, bedeutete so viel mehr als ‚mein Liebster'. Dann verschwand sie beinahe lautlos in der Dunkelheit.

Neun

Seine kleine weiße Katze kam ihm zur Begrüßung entgegen, drückte sich mit gehißtem Schweif an seine Beine und erbettelte die gewohnte Zärtlichkeit. Daniel setzte sich in den Liegestuhl auf die Terrasse und hob die Katze auf seinen Schoß. Eine laue nächtliche Brise erzählte ihm noch einmal die Nacht am Strand und die Trunkenheit seines Glücks, bis die Müdigkeit ihn einholte. Ohne Licht zu machen, betrat er das Haus, zog sich aus, stellte sich für ein paar Minuten unter die Dusche, träumte dem Salz des nächtlichen Badens hinterher, warf sich noch feucht aufs Bett und schlief sofort ein.

Hatte er vergessen, die Tür zu schließen? Mit einem Mal bemerkte er, wie sie sich langsam öffnete. Doch er entdeckte niemand. Er stemmte sich auf die Ellenbogen. Da sah er, wie sich etwas in das Zimmer schob, ein Wesen, ein Tier - er konnte jetzt Beine entdecken, an jeder Seite drei - oder waren es vier? - die wie bei einer Spinne links und rechts über den Körper hinausragten und sich von hinten nach vorne anstoßend das Kommando für den nächsten Schritt gaben. Zwei große dunkle Augen sahen ihn an, die aus einem kleinen Kopf quollen, der nur der Fortsatz eines sich nachschiebenden, immer breiter werdenden mattgrünen Körpers war. Wie eine Schnecke auf Beinen oder wie eine grüne Spinne lief das Monstrum in das Schlafzimmer und weitere folgten. Unendlich langsam in den Bewegungen, den Blick starr auf ihn gerichtet, füllten sie das Zimmer, krochen die Wände empor, hingen an der Decke und wurden immer mehr. Er hatte keine Möglichkeit mehr zu fliehen, die Fenster und Türen waren verstellt von Augen, die aus grünen Leibern glotzten, an denen sich ohne Unterlaß Beine winkend und drängelnd bewegten. Er sah mit einem Mal das Haus von außen, über und über mit grünen Leibern besetzt. Zitrusbäume und Weinreben waren längst kahl gefressen, nur noch dürre, dunkle Hölzer verrenkten sich in den nächtlichen Himmel.

Da fingen die Ungeheuer an, gegenseitig übereinander herzufallen, sich zu morden, blindwütig abzuschlachten. Aber immer neue folgten nach, krabbelten auf den sich türmenden Berg der toten Leiber, mordeten weiter, während sich der Berg unter ihnen allmählich in einen stinkenden, gelben Schaum verwandelte, unter dem alles Leben vergiftet wurde. Zu jeder Bewegung unfähig, ans Bett gefesselt und im Schmerz verrenkt, lag Daniel da und mußte mit ansehen, wie das Haus langsam unter diesem Berg aus gelbem Schaum und grünen Leibern versank und in sich zusammenzubrechen drohte.

Aber wo war das Unheimliche - die Angst? Er sah

zu und fühlte sich nicht bedroht, obwohl er wußte, daß alles zu Ende gehen würde. Es war eine Gelassenheit in dem Unfaßbaren, die zum Wahnsinn trieb. Assimína sah er von weitem aus dem Meer steigen. Sie war nackt, nur ihre Haare legten sich naß und schwer über ihre Schultern. Sie lächelte ihm zu, als wollte sie ihm etwas sagen, aber er konnte sie nicht hören und war selbst unfähig, sie zu rufen, ihre Hilfe vor den anstürmenden Ungeheuern zu erflehen. Als er glaubte, selbst unter der glibberigen Masse aus Fleisch, Beinen, Augen und Schaum zu ersticken, füllte ein Klagen die Nacht - ein Klagen aus Trauer und Triumph zugleich geboren, ein Klagen aus tausend weinenden Kinderkehlen, ein Klagen, in dem die ganze Welt versank. Ein greller Aufschrei, alles übertönend und langgezogen, zerriß die Nacht und ließ Daniel schweißgebadet erwachen.

Ein Windhauch fuhr in den weißen Leinenvorhang vor dem geöffneten Fenster und bewegte ihn sanft. Noch schlaftrunken und mit bis zum Hals schlagendem Herz stand er auf und zog ihn zur Seite. Im schwachen Licht des späten Mondes sah er auf einer weißen Mauer zwei Kater, die sich gegen den silbrigen Kegel abhoben, den der Mond auf das entfernte Meer warf. Mit gekrümmtem Buckel auf steifen Beinen und mit dem Klagen weinender Kinderkehlen versuchten sie einander einzuschüchtern. Aufgeschreckt durch die Bewegung am Fenster flüchteten sie in die Dunkelheit, jeder in eine andere Richtung. Erschöpft empfand Daniel doch die Erleichterung, dem Alptraum entronnen zu sein; er legte sich wieder ins Bett und verbrachte den Rest der Nacht in tiefem traumlosem Schlaf.

Am nächsten Morgen geriet ihm zunächst alles durcheinander. Der fürchterliche Traum und die Erzählung von Malkos über den von der Blattlaus befallenen Rosenstrauch ließen sich kaum noch voneinander trennen. Es belastete ihn, drückte auf die Stimmung, schien unwirklich und fantastisch und doch greifbar nah. Und in sein Durcheinander drängte sich immer wieder die Erinnerung an die Nacht mit Assimína, längst nicht mehr frei von Zweifeln, ob sie wirklich erlebt oder auch nur geträumt worden sei.

Er saß auf der Terrasse, schlürfte seinen Kaffee und sah über den Hafen hinaus auf das Meer. Skantzoura hielt sich im Dunst versteckt. Er würde jetzt zu Georgious, dem Fischer gehen, ihm das Boot zurückgeben und versuchen, Assimína zu treffen. Sehnsucht ergriff ihn und Neugier, wie sie sich heute geben würde. Ob sie nur eine Laune trieb, sich über alle Schranken des Dörflichen hinwegzusetzen, oder ob sie sich zu ihrem Gefühl bekennen würde. Selbst stellte er sich diese Frage nicht; es schien ihm überflüssig.

Das mit Georgious war schnell erledigt. Daniel bedankte sich noch einmal herzlich und sagte, daß er an dem *kaíki* interessiert sei; der Preis, den der Fischer ihm nannte, war angemessen. Den nächsten Tag wollten sie sich wieder zusammensetzen und vielleicht schon den Handel perfekt machen. Beide schienen es eilig zu haben. Daniel erfuhr erst jetzt, daß Georgious schon ein größeres Boot gekauft hatte und nun natürlich das Geld brauchte.

Assimína konnte er, so sehr er auch nach ihr suchte, nicht finden. Nur einmal wagte er die alte Chrissúla zu fragen, die ihm geschwätzig entgegenkam. Sie war eine nahe Tante des Mädchens, aber auch sie hatte Assimína nicht gesehen. Da entschloß sich Daniel, hinauf in das alte Dorf zu gehen. Vielleicht würde er sie dort oben entdecken, und wenn nicht, trieb es ihn ohnehin wieder zu Aléxandros, bei dem er schon lange nicht mehr gewesen war. Ob er ihm die Begegnung mit Malkos anvertrauen würde oder nicht, hatte er für sich noch nicht entschieden, obwohl er nichts sehnlicher wünschte, als irgend jemandem davon zu erzählen. Und der Weise schien ihm der einzige, der ihm die rätselhafte Geschichte vielleicht entwirren könnte.

Oben im Dorf lief er zunächst ziellos durch die Gassen. Sie waren einsam wie eh und je. Da hörte er Schritte; rasch übersprang er ein paar Stufen zur nächsten Hausecke, doch sah er nur Tassía davongehen. War dies jetzt nicht wie eine Aufforderung, zu Aléxandros zu gehen? Er klopfte an die Tür; sie war nur angelehnt, und so ging er gleich hinein, ohne auf ein Zeichen zu warten.

Wie jedesmal, wenn er den Freund besuchte, war es, als werde er erwartet. Aléxandros saß in seinem

Lehnstuhl, lächelte ihm freundlich zu und bat ihn, Platz zu nehmen. Daniel hob eine schlafende Katze von dem Schemel, der schon der seine geworden war, und setzte sich.

„Wir haben uns lange nicht gesehen. Warst du wieder unterwegs, um auf anderen Inseln zu fotografieren? Ich dachte deine Arbeit ist beendet", fragte Aléxandros.

„Ich war auf Skantzoura, wie du mir empfohlen hattest. Sogar zweimal innerhalb der letzten Woche. Das erste Mal mit Georgious *kakotichós* zum Fischen, und vorgestern habe ich mir sein Boot geliehen und bin alleine hinübergefahren."

„Und?" Alexandros sah ihn aufmerksam an.

„Was soll ich dir sagen", Daniel zögerte. „Ich fand die Insel nicht so unbewohnt, wie du mir erzählt hast. Da war zunächst einmal Tássilos, der Ziegenhirt ..."

„Der wohnt nicht dort", unterbrach ihn Aléxandros fast barsch.

„Na ja, zumindest zeitweise. Er soll immerhin ein ausgebautes Zimmer im alten Kloster haben. Aber ich bin ihm auch nur auf dem Meer begegnet, als Georgious und ich zurück nach Alonnisos fuhren. Aber einem anderen Mann bin ich begegnet ... Malkos nannte er sich, und mir gegenüber behauptete er, er wohne auf der Insel."

Aléxandros' Miene verzog sich nicht. Weder Überraschung noch Ungläubigkeit waren zu erkennen. Daniel begann langsam und sehr ausführlich seine erste Begegnung mit Malkos zu schildern, ohne

198

dabei Aléxandros aus den Augen zu lassen. Nichts sparte er aus, weder die Kritik des Alten an Religion und Kirche, noch die rauschhafte Reise durch die Geschichte der Rose. Er bemerkte selbst nicht den Eifer, in den er sich redete, schwärmte hingerissen von all den Begegnungen in vergangenen Zeiten, war aber noch in der Begeisterung pedantisch bemüht, nichts auszulassen.

Aléxandros hörte ernst und sehr interessiert zu. Schließlich berichtete Daniel dem Freund auch von seinem gestrigen Wiedersehen mit dem Eremiten. Er spielte die Tragik herunter, ließ bewußt Raum für Zweifel.

Aléxandros hatte ihn kein einziges Mal unterbrochen. In das Schweigen danach räusperte er sich nur einmal kurz und griff zu einem Glas Wasser. Auch Daniel spülte mit einem Schluck die von der Rede kratzige Trockenheit hinunter.

Und dann begann der Alte. Aléxandros verlor das Unbeschwerte, sprach jetzt in der düsteren Art, die er sich in der Eremitage seines Hauses angeeignet hatte, mit dem Hang zur Mystik, der schleppenden Rede und den kraftlosen Gebärden.

„Für das Werden der Natur, so wie wir sie wahrnehmen mit ihrer kaum faßbaren Vielfalt an Pflanzen, Tieren und Mikroorganismen, hat sich der Kosmos allein auf unserem Planeten Jahrmillionen Zeit gelassen. Das wissen wir. Wir wissen allerdings nicht, wofür dies alles geschehen ist und noch weiter geschehen wird. Daß der Mensch sich - vermutlich erst in den letzten Tausenden von Jahren - in einigen Kulturen als eine Art Schlußpunkt angesehen hat, das Werden der ganzen Welt auf sich bezog und schließlich entsprechend seine religiösen Auffassungen formulierte, ist verständlich. Zumindest sollten wir es mit Nachsicht bewerten, denn auch die Fähigkeit des Menschen, das Sein zu begreifen, ist unscharf. Hast du dir aber schon einmal überlegt, ob es nicht wirklich so sein könnte? Nicht in dem Sinne, wie es die Religionen meinen, aber doch so, daß die Natur beginnt, sich selbst überflüssig zu machen, weil der Mensch, ihr augenblicklich letztes Produkt, tatsächlich eine Entwicklungsstufe weiter ist? Um diesen Gedanken verständlich zu machen, laß mich etwas ausholen:

Es gibt etwas für uns Unfaßbares, das wir mit den verschiedensten Attributen versuchen zu beschreiben, nämlich das Immaterielle neben dem Materiellen. Stelle dir ein gläsernes Prisma mit sehr, sehr vielen Schliffen vor, obwohl das, was ich dir verdeutlichen will, nichts Gegenständliches ist. Ein Prisma also, das sich dem Betrachter mit jedem Schliff anders darstellt: einmal ist es der große Geist, den wir hinter allem vermuten, das andere Mal möchtest du das Bild mit dem Wort Intelligenz beschreiben, oder du willst es Seele nennen. Und so könnte es noch dutzende, hunderte Male weitergehen, obwohl sich alle Bezeichnungen immer nur in Ahnungen erschöpfen, das Prisma immer das gleiche bleibt, nur sein Licht sich in unterschiedlichen Bildern bricht. Uns fehlen

200

für das Immaterielle, das uns und alles Sichtbare sein läßt, das uns bewegt, das uns Instinkt und Verstand ist, die Worte. Wir können weder sein Wesen beschreiben, noch ob Sinn und Ziel dahinter stehen; wir glauben nur zu wissen, daß es etwas geben muß, das überall und zur gleichen Zeit vorhanden ist.

Die Bezeichnung Gott habe ich bewußt weggelassen. Denn in der Unfähigkeit, die richtige Definition zu finden, haben sich Menschen aus diesem Prisma ein Stück herausgebrochen und einen alten Mann daraus geformt, den sie Gott nennen. Doch Gott ist mir zu sehr Person und zu sehr neben uns; der Begriff ist zu belastet, und er ist nicht das, was ich meine.

Ich habe einmal versucht, ein neues Wort dafür zu finden, und habe es aus den griechischen Wörtern für Seele - *psichí* - und Geist - *nous* - gebildet, also *psichnoús*. Aber es ist mir immer noch zu unvollständig, und deshalb laß uns für unsere weiteren Überlegungen das Wort Intelligenz verwenden.

Gehen wir einmal davon aus, daß Intelligenz schon lange vor uns Menschen existierte, ja als der Ursprung des Kosmos anzusehen ist. Alles Leben besteht dann aus unendlich vielen Impulsen dieser Intelligenz - doch vermag das Meer seine Tropfen zu zählen? Als Ziel, als Sinn laß uns einmal annehmen, daß sich die Intelligenz im Kosmos ihre Ausdrucksformen schuf, etwa das, was wir als Natur, als für uns wahrnehmbares Leben bezeichnen. Ich meine das durchaus ernst, wenn ich sage, Intelligenz hat seinen Ausdruck in allen Lebensformen. Auch Tiere und

Pflanzen sind intelligent, allein ihr Funktionieren beweist höchst intelligente Abläufe. Selbstverständlich gilt dies auch für den Menschen. Mit ihm hat die Intelligenz es allerdings so weit gebracht, daß sie sich ihrer selbst bewußt wird. So zumindest können wir es annehmen. Aus all dem ergibt sich, daß nicht der Mensch ein Wesen ist, das denken gelernt hat, sondern er, der Mensch, stellt Gedanken dar, die gelernt haben, sich eine physische Gestalt zu geben.

Nun besteht unsere Gestalt eigentlich aus einem Nichts. Materiell ist sie so gut wie nicht existent; es kommt nur auf die Größe an, aus der man uns betrachtet. Der Abstand zwischen den wirklichen Materieteilchen in uns ist so groß, wie der zwischen den Planeten in dem für uns sichtbaren Kosmos. Es gibt kleinste Teile, die durch uns hindurch wandern, als wären wir nicht da. Und doch kommuniziert alles miteinander. Nichts, was im All des Körpers an irgendeiner Stelle passiert, bleibt einer anderen Stelle verborgen. Die Wirklichkeit in uns ist zwar Leere, aber diese Leere ist der Schoß der Wirklichkeit. Was das Wenige an Materie in uns verbindet, ist Intelligenz, oder zumindest das, was wir noch nicht in der Lage sind zu beschreiben."

Warum, so fragte sich Daniel, ging Aléxandros nicht auf die Begegnung ein, von der er ihm erzählt hatte? Statt dessen dozierte und philosophierte er über ein Thema, das Daniel zu anderer Zeit durchaus interessant gefunden und ihm gebannt zugehört hätte. Aber jetzt machte es ihn nervös, daß er auf seine lange Erzählung keine Antwort erhielt. Er überspielte seine Ungeduld, indem er sich die Katze griff und streichelte. Doch dann kam Aléxandros mit einem Mal doch auf den Punkt:

„Wenn die Intelligenz auf ihrer Suche nach immer neuen Ausdrucksformen mit dem Menschen einen Schritt weiter gekommen sein sollte - was wir selbst natürlich nicht beurteilen können, aber jetzt einmal annehmen wollen -, dann könnte damit die bisher gewordene Natur mit all ihren für uns so wunderschönen und manchmal auch von uns so unverstandenen Varianten ausgelebt haben, wertlos geworden und damit zum Sterben verurteilt worden sein. Wenn wir der Intelligenz mit ihrer Schaffung veränderter Ausdrucksformen nicht Zufall, sondern Absicht unterstellen, könnten Tiere und Pflanzen als Vorstufe zu einer höheren Form gegolten haben. An ihnen noch zu hängen, würde sich auf eine sentimentale Neigung reduzieren."

Aléxandros hielt inne, gönnte sich eine Pause und Daniel die Zeit, den Gedanken zu verdauen. Und das war auch dringend notwendig, denn alles in Daniel sträubte sich, diese Sichtweise seiner Existenz anzunehmen. Er, der sich am glücklichsten fühlte, wenn ihn unberührte Natur umgab, der daraus Kraft und Lebenswille schöpft, wurde damit zum gefühlsduseligen Nostalgiker abgewertet, schlimmer noch, zum nekrophilen Schwärmer, weil er sich an Todgeweihtem ergötzte. Voll Ablehnung sah er Aléxandros an. Doch dieser fuhr ungerührt fort:

„Den großen Unterschied zwischen den Intelligenzformen Pflanze und Tier einerseits und Mensch andererseits sehe ich darin, daß wir, und nur wir Menschen, die Fähigkeit der gewollten Metamorphose beherrschen. Wir können verwandeln: Rohstoffe in Energie, Energie in Bewegung, Rohstoffe in Materialien, Materialien in Dinge und Energie in Kommunikation. Damit sind wir auf dem Weg, die kosmische Intelligenz nachzuahmen, denn wie ich schon sagte sind nicht die Materieteilchen im Leben das Wichtige, sondern die Kommunikation zwischen ihnen. Allein mit dieser Fähigkeit verändern wir die Welt, nicht mit unserer Begabung zu philosophieren, zu musizieren, zu malen oder zu dichten. Allerdings: Ob wir zum Guten oder zum Schlechten verändern, wissen wir nicht. Denn dies zu beurteilen, sind wir nicht intelligent genug." Ein trauriges Lächeln setzte hier den Schlußpunkt.

Daniel starrte erschlagen vor sich hin, nahm nicht das Verständnisvolle im Ausdruck seines Freundes wahr, der wohl sah, daß sein Zuhörer die Antwort auch auf seine eigene Erzählung vom Rosenstrauch in dem Gesagten nicht fand. So setzte Aléxandros noch einmal an:

„Deinem vorhin geäußerten Gedanken, Daniel, folge ich insofern, als auch ich im Menschen eine tief irrationale Anlage sehe, die sich sowohl in der Leidenschaft ausdrückt, zu retten und zu erhalten, als auch in der Besessenheit, zu zerstören bis hin zur Selbstzerstörung."

Daniel reagierte unwirsch:

„Das sind nicht meine Gedanken, Aléxandros. Ich erzählte dir von einer Begegnung auf Skantzoura und von Gedanken, die mir dieser Malkos anvertraut hat. Du bist überhaupt nicht darauf eingegangen, daß ich auf der vermeintlich unbewohnten Insel einen Mann getroffen habe, der vorgibt, dort zu wohnen. Du bist auch nicht darauf eingegangen, was ich dir von ihm erzählt habe, was immer du davon hältst. Findest du seine Entdeckung an dem Rosenstrauch nicht merkwürdig?"

Aléxandros antwortete nicht gleich. Er sah Daniel lange an, nahm dann noch einmal sein Glas Wasser und trank es aus. Dann sagte er sehr ruhig und sah dem Jüngeren dabei fest in die Augen:

„Du nimmst die Einzelheiten dieser Begegnung so wichtig, weil du dich selbst zu wichtig nimmst, Daniel. Auf der Suche nach einem Gedanken begibt man sich schnell auf eine Gratwanderung zwischen Realität und Idee. So, wie du nur eine Manifestation von Gedanken bist, so schaffen natürlich auch deine Gedanken Realitäten. Erinnere dich daran, daß du mir einmal sagtest, du hättest das Gefühl, Griechenland, die Insel, das alte Dorf hier hätten dir etwas zu sagen, was du noch nicht verstündest. Nicht zuletzt daraufhin habe ich dir empfohlen, auch die verlassenen Inseln um Alonnisos herum zu besuchen, weil ich spürte, du könntest dort, umgeben von der Mystik dieser Orte, deutlicher empfinden, was du hier suchst. Nun, die Insel hat dir etwas erzählt. Was willst du mehr? Nimm es an und versuche, es in dein Leben einzubeziehen."

Daniel verstand diese Sätze nicht, wollte sie nicht verstehen. Er hörte nur Zweifel an seiner Begegnung heraus und fühlte sich verletzt. Er verließ Aléxandros an diesem Tag in einem Zustand, da er selbst unsicher wurde, was sich auf der Insel wirklich zugetragen hatte. Auf dem Weg nach Haus wanderten seine Gedanken wieder nach Skantzoura, und seine beiden Begegnungen mit Malkos verschmolzen zu einer. Immer die Damaszener Rose vor dem Haus des Alten vor Augen, blendete sich zuweilen sein tiefgründiges Lächeln ein, glaubte Daniel, aus dem Zusammenhang gerissene Sätze zu hören und seine Erregung zu spüren, die ihn während all der Erzählungen überfallen hatte. Er erinnerte sich der Rosengärten vor dem Haus von Sappho auf Lesbos und in den minoischen Tempelpalästen und der rosenbedeckten Straßen Roms, über die der Siegestaumel eines heimkehrenden Feldherren hinwegfegte. Es war ein phantastisch wahres Märchen, das der Eremit ihm erzählt hatte, in dem Jahrtausende im duftigen Blütenbausch einer Centifolie zusammenschmolzen. Jedes der zarten Blätter war Geschichte, verströmte den Duft von Liebe und Verehrung, nährte den Rausch des Vergnügens und der Wollust, zierte Macht und Größe, bejubelte Sieger und beweinte Tote.

Plötzlich ergriff Daniel eine innere Unruhe, als

stünde er kurz vor einer Entdeckung. Was hatte eigentlich in der Erzählung um das rosentrunkene Rom die Begegnung mit dem alten Philosophen zu tun, schoß es ihm durch den Kopf. Mit einem Mal waren Malkos Worte wieder klar in seiner Erinnerung, als hätte er sie soeben gesprochen. Doch irgend etwas paßte nicht zusammen. Daniels Herz klopfte bis zum Hals. Es war wie eine dumpfe Ahnung, eine Spur, deren Ende er noch nicht sah. Kurz bevor er sein Haus erreichte, änderte er den Weg. Das Hasten der Gedanken übertrug sich auf den Körper, er brauchte Bewegung, er mußte laufen.

Er nahm den Weg zur Nordküste, weil er wußte, daß er dort kaum jemandem begegnen würde. Olivenhaine, Strauchlandschaften und Pinienwälder mit dem Duft der Harzwunden, Oregano- und Salbeistauden lösten sich auf dem steinigen und staubigen Pfad ab, der ihn bergauf und bergab über die Insel führte, aber so recht wahrnehmen konnte er dies alles nicht. Nach etwa einer Stunde erreichte er einen Platz, an dem es nicht weiterging. Das Gelände fiel hier steil zum Meer hin ab, der Pfad endete an einem halb verfallenen Unterstand für Ziegen. Daniel setzte sich auf einen Felsen, die Zikaden hämmerten Eintönigkeit, mit seinen Gedanken war er im fernen und vergangenen Rom.

Malkos hatte diesen alten Mann in der Kaiserstadt Plotin genannt. Und der Mann grüßte Malkos als Porphyrios. Wo war der Sinn dieser Begegnung? Ratlos trat Daniel den Weg nach Hause an, als ihm plötzlich einfiel: Plotin war ein römischer Philosoph. Irgendwann zu Anfang der neuen Zeitrechnung mußte er gelebt haben. Vielleicht würde er einen Hinweis in dessen Schriften entdecken, vielleicht war es wirklich dieser Plotin, den Malkos meinte.

Die Hoffnung auf einen Anhaltspunkt beflügelte Daniel derart, daß er den Weg zurück rannte. Zuhause verrieb Daniel Staub und Schweiß mit einem Handtuch, während die Augen schon über die Buchrücken hasteten, vergebens Ordnung erflehten und dabei doch längst vergessene Titel entdeckten. Es war der Blick in den Spiegel wechselnder Interessen, vergangener Neigungen, gut gemeinter Ratschläge und Empfehlungen, halb gelesener Geschenke und lang ersehnter Wünsche. Titel, die an Kaminabende erinnerten und Bücher, von denen er glaubte, sie noch nie in Händen gehalten zu haben. Aber all die bunten Karton- und Leinenrücken entdeckten ihm in seiner Ungeduld nicht den Philosophen: Plotin.

In der enttäuschten Gelassenheit, die ihm die vergebliche Suche gab, griff er wahllos ein paar Bücher heraus und entdeckte eine vor langer Zeit aus Platzgründen entstandene zweite Reihe - Titel oder Verfasser, die damals andere Interessen in das Versteck verbannten. Und hier fanden sie sich, die Denker der Antike, ungeordnet, nebeneinander, als würde kein Jahrhundert sie trennen: Sokrates, Platon, Epikur, Aristoteles - er fuhr mit dem Finger über die Rücken, wie um das Auge schneller zum Ziel zu führen; und da drückten sich tatsächlich zwischen die anderen zwei schmale Bändchen, Studienausgaben in griechisch und deutsch von Plotin: ‚Geist - Ideen - Freiheit' und ‚Seele - Geist - Eines'.

Kaum eine Lücke hinterlassend - nur der nachfolgende Homer stellte sich schräg -, zog Daniel die Schriften heraus, schloß die erste Reihe mit Henry Miller und James Joyce und setzte sich in einen Korbsessel vor das schwarz gähnende Loch des Kamins. Die Erregung vor der ungewissen Entdeckung ließ ihn seinen Herzschlag hören. Er wollte suchen und wußte nicht was, ließ erregt die Seiten aus dem Daumen gleiten, unfähig, in den Text einzusteigen, und blieb bei den Kolumnen hängen. ‚Der freie Wille' stand da, und es erschien ihm wie Hohn. Das den Schweiß trocknende Handtuch, um den Nacken gelegt, wurde ihm zu warm, er zog es zur Seite und ließ es auf den Boden fallen. ‚Der Abstieg der Seele in die Leibeswelt' - könnte er hier etwas über den Sinn der Rosenfabel entdecken? Nicht ein Satz, der ihn gehalten hätte, kein Wort, das ihm die Brücke schlug. Es waren fremde Gedanken, die ihm in diesem Augenblick unendlich kompliziert erschienen, Schlußfolgerungen aus Behauptungen, deren Beweisbarkeit er vermißte. Alles gipfelnd in dem Wunsch, ein über unserem Sein stehendes Eines zu beweisen, einen Schöpfer zu entdecken, ohne je zu versuchen, seine Existenz auch in Frage zu stellen. Ein Satz sprang ihm entgegen und ließ ihn seufzend schmunzeln: ‚So suche denn auch du bei deiner Suche nichts außerhalb von Jenem ...'

Doch was blieb, war Leere und die Enttäuschung, nichts entdeckt zu haben, was ihm weiterhalf. Halb resigniert schlich sich die Überzeugung an, daß er sich in eine Idee verrannt hatte. Was sollte sich der Alte von Skantzoura schon dabei gedacht haben, ausgerechnet Plotin in Rom zu begegnen? Irgendein verrückter Einfall mag ihn dazu gebracht haben. Denn auch seine kritischen Äußerungen über das Christentum ließen sich in den philosophischen Betrachtungen bei Plotin nicht wiederfinden. Dessen Wurzeln lagen noch in der alten griechischen Philosophie; es schien, als habe Plotin sich mit dem damals noch jungen Christentum überhaupt nicht auseinandergesetzt.

Wann hatte dieser Plotin eigentlich genau gelebt? Daniel blätterte an den Anfang, suchte einen einführenden Text und entdeckte das Foto einer Skulptur. Sie zeigte einen Männerkopf mit Halbglatze, abgebrochener Nase und Kinnbart und darunter war in einem kurzen Text zu lesen: ‚Die Skulptur ..., entstanden in der späteren Lebenszeit Plotins (205 bis 270), ist vielfach mit diesem identifiziert worden, obgleich Plotin sich nach dem Bericht ...‘ - Daniel stockte der Atem - ‚... nach dem Bericht des Porphyrios weigerte, einem Künstler zu sitzen‘. Die Augen jagten über den restlichen Text, aber mehr war nicht zu entdecken. Aber der Name Porphyrios stand da. Schwarz auf weiß. Ihn schwindelte; er hatte etwas entdeckt und wußte doch nicht mehr. Er glaubte sich in einem Irrgarten der Gedanken, jeder neue Hinweis, jede versuchte Schlußfolgerung führte doch wieder ins Nichts. Ein winziges Puzzle hatte ein Karussell in Bewegung gesetzt, an dessen Ketten er in einem Sessel hing. Bilder jagten vorbei, verschwammen zu einem Kreis aus bunten, in sich verschlungenen und in die Länge gezogenen Ornamenten, einem Kreis, der ihn umschloß, ihn nicht ausbrechen ließ und der es ihm unmöglich machte, eines der Bilder herauszuholen, es in Ruhe zu betrachten und von ihm aus einen Neuanfang zu versuchen.

Daniel legte die Bücher beiseite und ging auf die Terrasse. Die Luft war inzwischen etwas kühler geworden, die Sonne begann sich im Westen hinter den Hügeln zu verkriechen. Daniel fühlte Enge trotz der Weite des Ausblicks. Der Hinweis auf den Namen Porphyrios besagte nur, daß der Alte seine griechischen Philosophen besser kannte als Daniel, dem der Name noch nicht untergekommen war. War er Weggefährte des Plotin, sein Biograph, Schüler oder Freund? Mehr über Plotin oder Porphyrios herauszufinden, war ohne Aléxandros unmöglich. Doch in Daniel bohrten noch beleidigte Gefühle ob der Zweifel des Alten an seiner Darstellung.

So faßte er den Entschluß, sich an Freunde in Frankreich zu wenden, von denen er wußte, daß sie Zugang zu philosophischen Bibliotheken hatten. Er zog los, froh darüber, etwas unternehmen zu können und dem Grübeln zu entfliehen. In einem Café führte er ein langes Telefongespräch mit Paris. Er bat seine Freunde herauszufinden, wer Porphyrios gewesen war und in welcher Verbindung er zu dem im dritten Jahrhundert in Rom lebenden Philosophen Plotin gestanden hat. Scherzhaft entgegneten sie nur, ob er jetzt vorhabe, sich mit alten Philosophen zu beschäftigen - damit sei auch kein Geld zu verdienen; seine Fotografiererei hielten sie noch nie für besonders einträglich.

„Laßt nur", antwortete Daniel, „vielleicht erzähle ich euch später mehr." Und die üblichen Fragen und Phrasen beendeten das Gespräch. In Frankreich regnete es.

Daniel hatte seine Wünsche fürs erste an seine Freunde übergeben, und mit den Tagen des Wartens, den Wochen, die im Einerlei seines beschaulichen Lebens vergingen, verblaßte das Mysteriöse hinter einem Nebel, in dem das Erlebte zur Episode zerrann. Er bekam wieder Lust zu fotografieren, hatte seine Liebe für Blumen entdeckt und stellte schließlich mit selbstironischem Schmunzeln fest, daß es ausschließlich Rosen waren, die er auf seine Filme bannte. Mit der Kamera bewaffnet zog er los, durchstreifte Vorgärten, ging vor Rosen in die Knie, kroch über Terrassen oder klomm auf kleinen Schemelchen einer rankenden Blüte hinterher. Dabei fand er auch wieder zu dem lockeren Geplauder mit den Einheimischen, die sich über die ungewohnte Anerkennung ihrer Blumenpracht freuten. „Fotografierst du wieder", riefen sie ihm schon von weitem entgegen und standen häufig geduldig dabei, wenn er immer wieder um eine Blüte kreiste, bis das erlösende Klick zu hören war.

Die Begegnungen mit Assimína wurden, unbelastet von seinen in der letzten Zeit oft düsteren Andeutungen, immer ungezwungener und zärtlicher, ohne daß sie ihre nächtliche Verschmelzung wiederholten. Daniel genoß wieder die Gesellschaft der Fischer, deren Gespräche sich, von immer den gleichen Sorgen und Freuden getrieben, im Kreise drehten und in ihrer Vertrautheit Heimat schufen.

Als ein halbes Dutzend Filme nur mit Rosen belichtet war, nutzte Daniel die Reise eines Freundes nach Athen. Schon Tage später erhielt er ein ansehnliches Paket, in dem sich großformatig über hundert Fotografien stapelten. „Du hast mir ein paar Gramm mitgegeben und nicht gesagt, wieviel Kilo das Labor daraus macht", grinste der Freund bei der Übergabe.

Daniel riß das Paket ungeduldig auf. Die Blätter torkelten eines nach dem anderen um ihn herum auf den Boden und schufen eine Pracht, die der karg eingerichtete Raum sonst nicht kannte. Als kein Plätzchen des Fußbodens mehr frei war, er schon auf Rosen treten mußte, wenn er sich auf Zehenspitzen durch die Kammer stahl, wurde er mit einem Mal wieder nachdenklicher. Je mehr er sich in die Ablenkung steigerte, desto häufiger hatte er auch die Leda, die weiße Damaszener Rose von Skantzoura, vor Augen. Und ihr krankes Dornengestrüpp wollte ihm nicht mehr aus dem Sinn.

In dieser neuerlichen Versponnenheit seiner Gedanken fand Daniel im Stapel der Briefe auf dem Postamt einen größeren Umschlag von den Pariser Freunden. Er nahm ihn fast unwillig an sich. Nichts war mehr von der Spannung da, mit der er die Antwort noch vor Wochen ersehnt hatte. Im Gegenteil, am liebsten wäre es ihm gewesen, wenn er von Malkos, Skantzoura, Porphyrios oder Rosen nichts mehr gehört hätte. Unten im Hafen setzte er sich zu Kosta in die Taverne und bestellte einen Kaffee. „Süß, bitte", rief er dem jungen Griechen, der heute bediente, nach und war sich im selben Augenblick schon nicht mehr sicher, ob nicht ein *ouzo* die bessere Wahl gewesen wäre.

Als er den ersten Schluck geschlürft hatte, riß er den Umschlag auf. Ein Windhauch fächerte ein Bündel mit Maschine beschriebene Blätter auf. Er ordnete ein wenig und überflog den begleitenden Brief. Er schloß mit der Hoffnung, daß es das sein möge, was er sich erwartet habe, da mehr nicht über diesen Porphyrios zu erfahren gewesen sei. Aber Spaß habe die Arbeit und die Übersetzung ins Deutsche gemacht.

‚Porphyrios', las Daniel in einer ersten Zusammenfassung, ‚griechischer Philosoph, hat vermutlich von 233 bis 300 gelebt, war Lieblingsschüler an der von Plotin gegründeten Philosophenschule in Rom, die er später selbst leitend übernahm.'

Daniel überflog nur: Ihm sei die geordnete Hinterlassenschaft und Kommentierung der Werke Plotins zu verdanken - aha, darum also die Erwähnung im Text neben der Abbildung der Skulptur. - Die meisten seiner eigenen Werke seien verlorengegangen, stand da weiter, deshalb wisse man wenig über ihn, aber es habe den Anschein, als habe sein Denken fühlbare Entwicklungen gekannt ..., es sei schwer, ihn einzuordnen ..., seine Gelehrsamkeit sei außerordentlich gewesen ..., als Intellektueller habe er sich an den ideologischen Streitgesprächen seiner Zeit zutiefst engagiert beteiligt ... usw. usw.

Daniel übersprang ganze Absätze, er würde später noch einmal alles in Ruhe lesen. Doch plötzlich wurde er aus seiner Flüchtigkeit gerissen. Da stand - Daniel setzte sich zurecht, als würde man im aufrechten Sitzen besser verstehen - da stand: ‚Porphyrios wurde auch Malkos genannt, was auf hebräisch-phönizische Herkunft schließen läßt. Der Name bedeutet König, wie auch Porphyrios auf griechisch „von Purpur", also königlich bedeutet.'

Wie hatte der Alte von Skantzoura seinen Namen erklärt? ‚König ist, wer seine Gedanken adelt, wer sich die Freiheit des Denkens nicht nehmen läßt, wer sich nicht zum Sklaven von Dogmen und Glaubensbekenntnissen macht.' Was hatte das alles zu bedeuten? Warum gab er sich Namen und Identität eines Philosophen aus dem alten Rom und noch dazu eines Mannes, dessen Werk heute kaum noch bekannt war?

„Du hast aber einen langen Brief bekommen!" Georgious war im Begriff, sich neben Daniel zu setzen. Aber genau das konnte der jetzt am allerwenigsten gebrauchen. Wohl das erste Mal setzte er sich über griechische Höflichkeit hinweg und bat den Freund:

„Entschuldige, Georgious, ich hab' zu tun, ich muß alleine sein."

„Schon gut ..., ein anderes Mal", und im Weggehen setzte er die Frage nach: „Wie geht es dir mit dem Boot?"

Daniel war seit einer Woche Besitzer des *kajiki*, doch hatte er noch keine Gelegenheit gefunden, dem Fischer sein Glück zu beschreiben.

„Gut, sehr gut! Wir trinken mal einen zusammen und dann erzähl' ich dir. O.K.? Sei mir jetzt nicht böse, wenn ich bei meinen Texten bleibe."

„*Endáxi*", der Fischer lachte und verschwand mit einer Handbewegung, die bedeuten sollte: Alles nicht so schlimm.

Daniel las weiter: ‚Unter den verschwundenen Schriften waren auch fünfzehn Bücher gegen das Christentum - Bücher, in denen sich der Philosoph so nachhaltig und fundiert kritisch mit dem Christentum auseinandersetzte, daß es der Kirche ratsam erschien, sie zu vernichten' - Auch diesen Frevel hatte der Alte zu seiner eigenen Geschichte gemacht. Wie konnte er behaupten, ging es Daniel durch den Kopf, *er* habe diese Bücher geschrieben, wenn dies ein anderer vor 1700 Jahren getan hatte? Er mußte verrückt sein, schizophren. Und doch hatte keiner seiner Erzählungen, seiner kritischen Kommentare, seiner kurzen und treffenden Analysen dieser Hauch von

Größenwahn, von esoterischem Irrsinn angehaftet, der zu diesem Krankheitsbild gehörte. Sicher, die Wahl eines Philosophen für sein zweites Ich ließ zweifeln, aber alles, was er über diesen Porphyrios wußte, deutete auf verarbeitetes Wissen und Belesenheit hin. Oder - war es die Nähe von Genie und Wahnsinn, die diesen Alten zu dieser faszinierenden Persönlichkeit machte?

Und wie war das mit den Rosen? So sehr Daniel sich auch in die Texte über Porphyrios vertiefte, einen Hinweis auf die Vorliebe für Rosen konnte er bei Porphyrios nicht entdecken, so wenig wie bei Plotin. Dies schien allein den Alten auf Skantzoura zu interessieren. Und natürlich, dachte Daniel, war die ganze Geschichte von dem mysteriösen Schädling ein Produkt der Phantasie des Alten. Die eingerollten, vekrüppelten Blätter, die er sah, die Läuse auf den Knospen, all das war nichts anderes, als was jeder an Rosen gelegentlich feststellen konnte.

Jetzt bestellte sich Daniel doch noch einen *ouzo*; er trank ihn pur und irgendwie war ihm danach wohler. Seine Freunde in Frankreich hatten ihm wirklich einen großen Gefallen erwiesen. Er zahlte, schlenderte ohne Ziel durch die Gassen und ließ bald die letzten Häuser hinter sich. Er geriet auf einen schmalen Eselsteig, ohne zu wissen, wohin er ihn führen würde.

Zunächst noch wucherte alles in üppigem Grün, säumten kleine Gärten und Feigenbäume den Pfad. Doch höher hinauf dörrte die Sonne das Land aus, rankten Brombeersträucher und Schlehdorn, bis zuletzt nur noch die Macchia ihren Platz zwischen den Steinen fand. Während seine Schritte der Monotonie des Uhrwerks glichen, genoß Daniel seine Umgebung voll ruhiger Zufriedenheit; er war nicht mehr auf der Suche; die jüngste Einschätzung des Alten gab ihm Halt.

Vielleicht war er aus Verzweiflung in die Einsamkeit geflüchtet. Sicher hatte ihn an Porphyrios fasziniert, daß die Welt so wenig über diesen Denker wußte, der sich mutig und kritisch mit Religionen, vor allem mit dem Christentum, auseinandergesetzt hatte. Und bestimmt hatte ihn fasziniert, daß dieser Mann nicht in festgefahrenen Doktrinen gedacht hatte, sondern offensichtlich an Erfahrungen gewachsen war. Für ihn vielleicht Gründe genug, einer verrückten Idee zu folgen und sich seiner Identität zu bedienen.

Daniel verspürte Lust, noch einmal nach Skantzoura zu fahren. Er würde dem Mann sagen, was er inzwischen über den wahren Porphyrios wußte. Wie würde er reagieren? Und er wollte ihm eins seiner Rosenbilder mitbringen, als Geschenk. Ob er was damit anzufangen wüßte?

Zuhause angekommen, fächerte er all die Fotografien auf und entschied sich schließlich für ein Bild, das der Damaszener Rose auf Skantzoura am ehesten glich. Vorsichtig rollte er das Blatt zusammen und packte es ein.

Zehn

Das Meer glich Öl. Nicht der leiseste Windhauch
war zu spüren, bleiern lag es in den Buchten, zäh umklammerte es die Klippen und felsigen Küsten, Land
und Wasser schienen miteinander verschmolzen und
gemeinsam erstarrt zu sein. Nur weit draußen malten
vergessene Winde mit großzügigem Pinselstrich
Schlieren und Muster, ziselierten feine Schuppen-
kleider - und waren doch zu kraftlos, die See aus
ihrem Schlaf zu wecken. Doch die Ruhe war trüge-
risch.

Schon auf dem Weg zum Hafen hatte Daniel im
Norden gewaltige, schwarze Wolkenpyramiden mit
goldenen Lichtkränzen entdeckt, die drohend von
der Chalkidikí auf das Meer hinaus nach Süden zogen und sich auf ihrem Weg immer weiter auftürm-
ten. Trotzdem verließ er den schützenden Hafen in
Richtung Skantzoura.

„Du solltest hierbleiben", hatten ihn Fischer und
Freunde gewarnt, obwohl sie selbst die Wolkentürme
noch nicht gesehen hatten, die sich hinter den
Höhenzügen von Alonnisos versteckt hielten. Aber
das untrügliche Gespür der Bewohner am Meer sagte

ihnen, was zu erwarten war. Und wie zur Bekräftigung unterbrach die alte Großmutter das Knüpfen der Netze, erhob sich von ihrem kleinen Schemel und sagte beschwörend:

„Es wird Sturm geben und ein wildes Meer. Warum fährst du raus, warum bleibst du nicht hier, Daniel?" Dabei schrieb sie mit hoch erhobenen Armen ihr Entsetzen in die Luft.

„Laß nur, Magdaleni", beruhigte Daniel, „bevor es richtig los geht, bin ich schon vor Skantzoura und in einer sicheren Bucht."

Um weiteren Warnungen aus dem Weg zu gehen, die ihn am Ende von seinem Vorhaben abbringen könnten, verabschiedete er sich schnell. Bei den heutigen Wetteraussichten konnte Daniel kaum damit rechnen, irgendwo Fischer anzutreffen. Alle waren heimgekehrt, hatten ihre Boote inmitten der Hafenbecken an Bojen festgemacht oder sie an langen Leinen weitab der Kais vertäut, damit sie sich im Auf und Ab der zu erwartenden Wogen frei bewegen konnten. Daniel war sich seines Leichtsinns sehr wohl bewußt, doch er mußte einfach diesen Malkos wiedersehen; und irgend etwas sagte ihm, daß er dazu nicht mehr viel Zeit hatte.

Als er Alonnisos hinter sich gelassen und sich die Ruhe des Meeres auf ihn übertragen hatte, drehte er sich noch einmal um: Und er sah die Wolkentürme so gewaltig und mächtig, als wollten sie kippen, über die Inseln herfallen und sie in ihrem Schwarz verschlingen. Das Meer spielte noch sichere Ruhe vor, aber der Horizont hatte sich bereits schwefelig gelb eingefärbt. Beängstigende Stille; unwirklich und fremd hob sich das rasch pulsierende Dröhnen des Motors ab. Immer noch wirkte das Geräusch beruhigend; kraftvoll und verläßlich vibrierte der Bootskörper und gab Daniel die Zuversicht, sein Ziel noch vor dem zu erwartenden Inferno erreichen zu können.

Es war seine erste Fahrt, die er als stolzer Besitzer des *kajiki* unternahm. Mit großem Trinkgelage war das Boot unter Beteiligung vieler Fischer übergeben worden, und Daniel hatte das Gefühl, als wäre er mit dem Erwerb des Bootes in den Kreis der Fischer aufgenommen worden. Immer wieder waren sie zu ihm gekommen, hatten das Glas auf sein Wohl und sein Glück geleert; nicht selten, daß einer den Wunsch auf reichen Fang damit verbunden hatte. Georgious war glücklich gewesen, daß Daniel dem Boot seinen alten Namen ließ: *Eleftheria* - Freiheit. Vielleicht war es auch dieses neue Gefühl von Stolz und Freiheit, das ihn nun hinaus aufs Meer drängte und die Warnungen in den Wind schlagen ließ. Jetzt lief das Boot mit fast acht Knoten durch das glatte Wasser; in einer Stunde, könnte er da sein und sicheren Anker werfen.

Kaum die halbe Zeit mochte vergangen sein, da erfaßte ein aufheulender Wind das Schiff und rüttelte es aus seiner schläfrigen Ruhe. Ohne Atem zu holen steigerte sich die Böe zum Sturm, der Daniel gerade noch Zeit ließ, die Kajüttür zu schließen und die geschwungene Pinne mit beiden Händen zu umklammern, um das Schiff auf Kurs zu halten. Innerhalb von Sekunden tanzten unter pechschwarzem Himmel leuchtend weiße Schaumkappen über dem tobenden Wasser. Eine harte kurze Welle türmte sich auf und prasselte gegen den Bootsrumpf. Gischtfahnen flogen über die See, die Aufbauten des Schiffes wurden zur jammernden und pfeifenden Harfe.

Aber statt Angst überkam Daniel plötzlich ein Jubeln. Er fühlte sich zwischen den Gewalten nicht mehr allein mit all den schweren Gedanken, die ihn in letzter Zeit so beschäftigt hatten. Als wenn sich die Natur in ihrer Ursprünglichkeit seiner erinnert hätte und ihm zeigen wollte, daß sie existierte, daß sie lebte, daß sie stärker war als eines ihrer Geschöpfe. Er war wie in Trance, spürte keinerlei Furcht, obwohl das Boot wie eine Nußschale auf dem Meer tanzte. Die Wellen wurden schnell höher, hoben das Schiff auf einen Kamm hoch über die Gischt, um es im nächsten Augenblick wieder in schwarze Tiefe zurückfallen zu lassen. Daniel war, als würde er immer weiter emporgehoben und schwerelos durch Wolken dahinjagen. In seinem trunkenen Glück schien es ihm, als seien die Elemente seine ausgelassenen Freunde und ihr Toben sei Ausdruck geteilter Freude. Sang er oder brüllte er gegen den Sturm? Es war nichts zu hören. Die Pinne in seinen Händen schlug herum, er ritt auf der Welle, tanzte den Reigen des Verrückten. Vergessen war alles, was ihn bis hierher begleitet hatte, Ausgangspunkt, Ziel und Grund seiner Reise.

Doch die Natur duldete seine Kumpanei nicht. Unvermittelt stellte sich eine Wasserwand vor dem Boot auf, warf es so hart zurück, daß ein dröhnender Schlag durch die Planken fuhr, als würden sie bersten. Daniel verlor den Halt, das nasse Steuer entglitt ihm aus den verkrampften Händen, er rutschte über das glitschige Deck und schlug heftig gegen die Bordwand. Er erwachte in die Wirklichkeit, und ihm wurde mit einem Mal bewußt: Die kochende See meinte es ernst.

Vom Stoßen und Schlingern des Schiffes immer wieder zurückgeworfen, griff er nach allem, was ihm Halt bot, kroch auf Händen und Füßen über das glitschige Deck zurück zur wild um sich schlagenden Pinne, zog sich daran hoch, setzte sich mit eingekrallten Füßen daneben und umarmte das nasse Holz, als wäre es das einzige, das ihn retten könne. Er drehte wieder auf Kurs und befreite damit das Boot aus der Willkür der See. All seine Aufmerksamkeit galt jetzt dem Schiff und dem Wüten um ihn herum. Ausgelöscht war die Begeisterung über das Spiel mit den Elementen; eine empörte Welt umschloß ihn unbarmherzig. Und Skantzoura kam ihm immer langsamer und zögernder entgegen, ja es schien, als weiche die Insel im Sturm vor ihm zurück, als würden Wind und Wellen das Land vor ihm her treiben.

Längst war eine schreckerfüllte Stunde vorüber, da erst passierte er die Skantzoura vorgelagerten Inselchen. Er sah die Brecher an den kahlen Felsen weiß und hoch hinauf kriechen, als wollten sie den

Stein verschlingen, um sich dann aber doch, kraftlos geworden, durch Rinnen und Mulden wieder zurückzuziehen. Doch dem Meer dahinter gaben die kargen Brocken ein wenig Ruhe und entließen das Schiff aus seinem ungleichen Kampf. Schließlich fand Daniel eine geschützte Bucht, die tief ins Land einschnitt und die letzte Gewalt draußen an den Felsnasen zerbrechen ließ. Der Sturm aber jagte unvermindert heftig über die flache Insel, zauste in den Sträuchern und trieb Fahnen gelben und grauen Staubs aus dem trocknen Untergrund vor sich her.

Bis Daniel zwei Anker ausgelegt und das Boot mit zusätzlichen Leinen zum Land gesichert hatte, war es Nacht geworden, und die ersten Blitze aus der schwarzen, tief hängenden Wolkendecke erhellten weit draußen einen von ungeordneten Wellenkämmen wild gezackten Horizont, in dem Wogen und Wolken zu einem tosenden Einerlei zusammengeworfen wurden.

Wie zum Hohn für Daniels anfängliche Verzücktheit zog sich das Gewitter nun von allen Seiten über der Insel zusammen und entlud all seine Heftigkeit auf diesen einen Punkt der Erde. Der Orkan fegte durch Mulden und über Kämme, riß an den Bäumen und vergrub sich in das Strauchwerk. Wollte er Skantzoura dem Meer entreißen? Aber nur vereinzelt gelang es den Furien, Sträucher aus dem Grund zu reißen und vor sich her zu treiben, bis sie in anderem Geäst wieder Halt fanden oder weit durch die Luft ins Meer wirbelten.

224

Erst der in schweren Tropfen niederprasselnde Regen vermochte dem Sturm die Kraft zu nehmen und beruhigte zugleich die See. Glitzernde Wasservorhänge legten sich schützend um die Insel, und alsbald stürzten braune, murige Kaskaden die Hänge hinab, schlängelten sich wilde Bäche zwischen Bäumen und Sträuchern über Felsen und Geröll in die Bucht und trübten das Meer. Nur noch Grollen hing jetzt dem rasch davoneilenden Wetter nach, das mit flackerndem Schein davonzog wie eine brennende Flotte. Zurück blieb ein blanker Sternenhimmel, in dem die noch schmale Sichel des zunehmenden Mondes so ruhig hing, als würde es Unwetter auf dieser Erde überhaupt nicht geben. Aber die Welt hatte tief Luft geholt, das Aroma von Harz und frischer Erde, Kräutern und Salz blieb zurück.

Daniel setzte sich an Deck des immer noch schwankenden und stampfenden Bootes, das an Leinen und Kette unwillig zerrte wie ein festgebundenes Tier. Eine kleine Petroleumlampe warf ihr flackerndes Licht in die Dunkelheit. Die ersten Nachtfalter, die das Unwetter unter schützende Blätter und Zweige getrieben hatte, wirbelten aus ihren Verstecken, fühlten sich von dem matten Licht angezogen und umschwirrten in hektischen Kreisen das heiße Glas, bis sie es in ihrer Trunkenheit berührten. Daniel fühlte sich an seine eigene Euphorie erinnert. Irgendwo in der Nacht, weit oben über der Insel, übertönte das Flöten eines Nachtvogels für einen Augenblick das gleichmäßige Klatschen der erschöpften

See und das sanfte Rauschen der von Sträuchern und Bäumen prasselnden Regenperlen.

Am nächsten Morgen glaubte Daniel, eine schlaflose Nacht hinter sich zu haben; der Schlaf war kurz und durch zusammenhanglose Träume zerrissen gewesen. Die See hatte sich während der Nacht wieder beruhigt, war so unbekümmert, als kenne sie nichts anderes als träge Ruhe. Nur die Luft atmete weiterhin die Frische, die der Regen ihr gelassen hatte. Die feuchtwarme Erde schwitzte langgezogene, zierliche Nebelschwaden aus, die sich in den Mulden der Hänge für Augenblicke verfingen, bis ein lauer Wind sie vertrieb.

Im Stehen schlürfte Daniel eine Tasse heißen Kaffees; er war zu unruhig, um den wunderschönen Morgen zu genießen, es trieb ihn zu einem schnellen Aufbruch ohne lange Vorbereitungen. Er mußte den Weg von dieser Bucht finden, doch es erschien ihm nicht allzu schwierig. Sobald er den Ziegensteig gefunden hatte, sollte es ihm auch gelingen, die Lichtung mit Malkos Hütte zu entdecken.

Sorgfältig verstaute er das Foto in seiner Tasche und nahm ein wenig Proviant und Wasser mit. Er zog das Boot noch näher an die Felsen und sprang an Land. Gerade als die ersten Sonnenstrahlen eine der vor der Küste liegenden Felskappen mit warmem Gelb überzogen, machte er sich auf den Weg.

Es war wunderbar, über diese einsame Insel zu wandern, die das nächtliche Inferno bereits vergessen hatte und ihren Duft heute verschwenderischer verschenkte als je zuvor. Es hatte sich sonst kein Schiff in der Nacht des Gewitters nach Skantzoura gewagt, und so war Daniel mit der Insel und seinen Gedanken allein auf dieser Welt. Nur den Alten wußte er hier, denn Tássilo, den Ziegenhirten, hatte er gestern noch mit all den Fischern schwatzend in einer Hafenkneipe von Patitiri gesehen.

Ohne große Mühe erreichte Daniel den schmalen Trampelpfad, den die Ziegen für ihren Wechsel benutzten, und erkannte nach einiger Zeit auch die Stelle, an der er damals dem Alten in das unwegsame Gehölz gefolgt war. Er drückte die Zweige der Sträucher auseinander und begann, sich langsam seinen Weg durch die Wildnis zu bahnen. Doch schon nach kurzer Zeit war seine Zuversicht getrübt. Von einem Wiedererkennen des Weges konnte überhaupt nicht die Rede sein. Die Sträucher standen dichter, wurden höher, nahmen dem Eindringling die Sicht und zwangen ihn immer häufiger, sich unter die abgestorbenen Äste zu bücken und auf Händen und Füßen weiter zu kriechen. Immer wieder schätzte Daniel den Winkel zur Sonne, um wenigstens die Richtung beizubehalten. Aber die Insel wehrte sich mit allen Kräften, ihr Geheimnis preiszugeben. Zweige schlugen ins Gesicht, zerrten an der Kleidung und in den Haaren, Dornen krallten sich in das Gewebe und zogen ihre Linien auf die Haut. Auf grobem, felsigen Geröll verloren die Schuhe immer wieder den Halt, rutschten ab und blieben zwischen den Felsen stecken. Aufgeschreckt durch seine Schritte, verkroch sich eine Schlange seitlich unter einen Fels, lautlos, aber heftig züngelnd. Im Sonnenlicht glitzerte silbrig ein gesponnenes Netz, an langen Fäden zwischen den Zweigen aufgehängt. Im Zentrum wippte eine große Spinne, als wollte auch sie ihm Einhalt gebieten. Aber Daniel bückte sich, um das kunstvolle Gewebe nicht zu zerstören, und ging weiter.

Da strauchelte er über einen Fels, verlor den Halt, ein Zweig erfaßte die aus der Tasche ragende Rolle mit der Fotografie und riß sie der Länge nach auf. Sein Geschenk war zerstört, und nur die Erschöpfung verhinderte, daß er in seiner Enttäuschung und Wut aufschrie. So gut es ging, packte er alles wieder ein und suchte trotzig weiter nach dem Weg. Letztlich siegte seine Entschlossenheit, es wurde heller, das Holz rückte auseinander, eine Lichtung tat sich vor ihm auf. Keuchend hielt er inne: Es war nicht eine, es war *die* Lichtung! Glücklich erkannte er über dem sanften Hang hinweg die Küste wieder und am Horizont die welligen Höhenzüge Euböas.

Nur einen Augenblick blieb er stehen, dann lief er weiter, beschleunigte seine Schritte, rannte beinahe über den Felsschutt, überlegte schon, ab er rufen sollte, als ihm der Atem stockte und er wie angewurzelt in der Trostlosigkeit zwischen all den grauen Steinen stehen blieb: Die Hütte des Alten war nicht da, er mußte sich verlaufen, sich in der Richtung geirrt haben. Erschöpft und verwirrt sah er sich nach allen Seiten um und konnte doch nichts entdecken, was

228

ihm den Irrtum bestätigt hätte. Aber alles war, wie er es von seinem ersten Besuch in Erinnerung hatte. Nur die Hütte fehlte.

Doch der Baum war da. Der alte verwilderte Olivenbaum. Er stand mit strähnigem, tief zerklüftetem Stamm in der Mitte der Lichtung und verrenkte sein Geäst mit schütterem Laub in das Blau des Himmels. Es war doch der Baum, unter den sich die Hütte des Alten geschmiegt hatte? Langsam ging Daniel näher, noch immer von Zweifeln gelähmt. Aber mit jedem Schritt wurde er sicherer, daß dies der richtige Platz war.

Als er den Olivenbaum erreichte, packte ihn Entsetzen: Fundamente ragten aus dem Geröll, alles andere war in sich zusammengefallen zu ungeordneten Haufen. Sollte das Gewitter gestern abend ...? Vielleicht ein Beben, das er nicht bemerkt hatte ...? War der Alte vielleicht unter den Steinen begraben ...? Wie toll tobten die Gedanken im Kreis, während er schon die Tasche auf den Boden warf und wahllos Steine griff, sie ziellos nach links und rechts beiseite warf.

Nach vier oder fünf Felsbrocken, die hell klingend auf das andere Geröll schlugen, unterbrach er sein sinnloses Werk. Denn fassungslos mußte er erkennen, wie die grauen Steine, die er fortgeworfen hatte, zartgelbe Steine freilegten - Steine, die Jahrzehnte oder Jahrhunderte kein Sonnenstrahl verblichen und kein Regen verwittert hatte. Daniel hob weitere und warf sie fort, aber immer das gleiche: Die Steine, die er nahm, waren grau, die er freilegte, waren gelb, gaben zarte marmorne Strukturen zu erkennen, dazwischen nur gelegentlich ein grauer Fleck, wo sich ein Sonnenstrahl durch Ritzen und über die Zeiten hin verirrt haben mußte. Das Haus, auf dessen Trümmern er stand, war nicht gestern oder vor Tagen in sich zusammengesunken, es lagen unzählige Pulsschläge der Geschichte zwischen dem Einsturz und heute.

Bedeutete das also doch Irrtum und damit neue Hoffnung? Er sah sich nach links und nach rechts um, wählte ohne Anhaltspunkt eine Richtung, aber so sehr er auch von neuem die Strauchwildnis durchkämpfte, das Gehölz um sich herum absuchte - er drang bis zu den nächstgelegenen Hügeln vor -, eine andere Lichtung, die der Oase des Alten glich, war nicht zu entdecken und kein Platz auszumachen, der den Ausblick auf die Küste und auf Euböa so bot, wie er ihn von der Hütte des Eremiten aus kannte.

Zerschunden, abgekämpft und mit einem Gefühl hoffnungsloser Verlassenheit kehrte Daniel zu den Trümmern der Verzweiflung zurück, setzte sich unter den Olivenbaum und lehnte sich müde an den Stamm. Würde jemals wieder Ordnung in das Chaos seiner Gedanken und Empfindungen kommen? Er versuchte, sich noch einmal an alles zu erinnern, was er mit dem Alten erlebt hatte. Er wollte ihn für verrückt erklären, den Alten, den es schon nicht mehr gab. Oder gab es ihn noch? Er schloß die Augen, war nicht mehr fähig zu logischem Denken. Saß er so Minuten oder länger? Der Schrei eines Fasans rief ihn aus seiner Erstarrung.

Daniel stand auf, trat aus dem Schatten des Olivenbaumes, warf den Kopf in den Nacken und blickte hoch in die mittlerweile steil über ihm stehende Sonne - hell und gnadenlos heiß. Um ihn herum war nichts als graues Geröll, die Bäume und Sträucher um die Lichtung schienen vor ihm zurückzuweichen und bildeten einen weit entfernten Kranz, schwarzgrün, abweisend, wie eine Mauer, die ihn einschloß und gefangenhielt. Und neben ihm der verwilderte, uralte Olivenbaum, der ihn ansah, wie der zu Holz gewordene Alte: Über Jahrhunderte erstarrt in tiefe Furchen, aus Schmerz geborene Windungen und Krümmungen, Runzeln, Augen und sehnige Strähnen. Mit letzter Kraft holte er tief Luft und öffnete seine Lippen zu einem Schrei in die Einsamkeit: „Malkooos!! ...“ Nur das eine Wort, nur seinen Namen. Die Stimme, die er nicht wiedererkannte, vor der er selbst erschrak, zerriß die Welt. Ihn schauderte.

Daniel schluckte die Trockenheit seiner Kehle und dachte an das Wasser in seiner Tasche. Sie lag noch da, wo er sie hingeworfen hatte. Ein kräftiger Schluck schaffte längst nötige Erfrischung. Unglaubliche Leere überkam ihn. Da erinnerte er sich der Worte seines Freundes Aléxandros: Nimm an, was die Insel dir zu sagen hat, und füge es in dein Leben ein.

Wer immer der Alte gewesen sein mag, Malkos, Porphyrios oder wer sonst, er war ein Opponent gewesen, heute und schon vor eintausendsiebenhundert Jahren. Ihm war, als hörte er den Wind seine letzten Worte über den Steinacker tragen, der in seiner Öde einer einzigen Verspottung allen Lebens glich. Grau und teilnahmslos umringte ihn das Geröll.

Die Insel war von der Hitze erschöpft, wie Daniel von seinem Denken. Er stand auf, warf einen letzten Blick in die Einsamkeit um sich, packte seine Tasche zusammen und machte sich auf den Rückweg. Auf einmal hatte er den drängenden Wunsch, mit Aléxandros über all das noch einmal zu reden. Der Weise würde ihm helfen, aus dieser Begegnung ohne Ende herauszufinden, wenn einer, dann konnte Aléxandros mit ihm dies Knäuel aus Traum und Wirklichkeit entheddern. Er wollte ihm sagen, daß er ihn neulich nicht gleich verstanden habe und ihn bitten, ihm all das noch einmal zu erklären.

Als Daniel nach ruhiger Fahrt Alonnisos erreichte und an Land ging, tönte monoton das Kirchenglöckchen über dem kleinen Hafenort. Assimína kam ihm mit schnellen Schritten entgegen, als habe sie ihn schon lange erwartet. Glücklich strahlte sie ihn an. Er solle einer der ersten sein, rief sie ihm schon von weitem zu, der die Nachricht von ihrer Hochzeit erführe. Gestern habe sie sich verlobt. Daniel schluckte. In diesem Augenblick erinnerte er sich ihrer Bemerkung, sie habe einen Freund. Das war vor Monaten, irgendwann einmal; mit der Unbeschwertheit ihrer Jugend hatte sie es erwähnt und beiläufig hinzugefügt, er sei gerade beim Militär. Aber so ernst hatte Daniel das nicht genommen, vielleicht, weil er selbst nie über eine Zukunft mit diesem Mädchen nachgedacht hatte. Beide waren verliebt, er fühlte sich unendlich glücklich mit ihr; aber sie war eben doch von der Insel, und er blieb der Fremde.

Noch ehe Daniel etwas sagen konnte, gestand sie ihm in ihrer Freude, daß sie auch Kinder haben wolle. Viele Kinder. - Da hörte er mit einem Male den Alten von Skantzoura mit seiner Schreckensvision. Aber Daniel schwieg.

Und die Glocke? Läutete sie über die Insel das Glück dieses Mädchens? Assimínas Jubel wechselte in Entrüstung. Konnte Daniel denn nicht eine Totenglocke von einer Hochzeitsglocke unterscheiden? Er murmelte eine Entschuldigung. Wer war gestorben? -

„Aléxandros", kam es leise über ihre Lippen, „der Weise vom alten Dorf."

Daniel war, als würde es Nacht werden. Er drehte sich um. Sein Blick wanderte über das Meer - so unendlich weit weg schien sie auf einmal, diese Insel ohne Zeit. Welchen Namen, so ging es ihm durch den Kopf, welchen Namen hat eigentlich das Werden und das Vergehen, welchen Namen hat die Zeit, die zwischen diesen Inseln liegt?

Nachwort des Verfassers

Mit diesem Roman kam es mir nicht darauf an, den Philosophen Porphyrios authentisch zu zeichnen. Die Verdienste des historischen Porphyrios, der eigentlich Malkos hieß, liegen sicher woanders.

In Tyros, dem heutigen Sur im Libanon, um 234 geboren, war er Schüler des Longinos in Athen, bevor er im Jahre 262 nach Rom siedelte. Zunächst Schüler des Plotin, übernahm er später die Leitung dessen Philosophenschule. Ihm ist die geordnete Hinterlassenschaft der Werke Plotins zu verdanken, obwohl er in dem Wenigen, das er an persönlichen Schriften hinterließ, eigene, von Plotin unabhängige Gedanken formulierte. Große Beachtung fanden bis ins Mittelalter Kommentar und Einleitung zu den Kategorien des Aristoteles.

Als sein Hauptwerk gelten aber seine fünfzehn Bücher ‚Gegen die Christen‘, mit denen er die christliche Lehre von der Schöpfung und der Gottheit Christi bekämpfte. Die Werke wurden 448 von Theodosius II. öffentlich verbrannt. Nur durch die Auseinandersetzung der Kirche mit seinem Werk weiß man heute in etwa um seine Argumentation.

Mich hat an Porphyrios fasziniert, daß die Welt so wenig über diesen Denker weiß und daß er sich mutig und kritisch mit Religionen, vor allem mit dem Christentum, auseinandergesetzt hat, das so erfolgreich an der Zerstörung der Erde mitgewirkt hat und mitwirkt. Mich hat auch fasziniert, daß dieser Mann nicht in festgefahrenen Doktrinen gedacht hat, sondern offensichtlich in seinem Denken gewachsen ist. Gründe genug, mich seines Namens und ein wenig seiner Identität für meine Phantasiegestalt zu bedienen.

Zur Rechtfertigung meines Vorgehens beziehe ich mich auf Aristoteles, der einmal den Historiker mit dem Poeten verglichen hat: ‚In der Darstellung braucht sich der Dichter weder an die Überlieferung noch an die Wirklichkeit genau zu halten. Insofern ist die Poesie philosophischer als die Geschichtsschreibung.'

Klaus Resch

Inhalt